©신유안

정여랑

콘텐츠를 통한 연대의 힘을 믿는다.
다양성과 세계시민성에 대해 끊임없이 공부하고 실천하려 애쓰고 있다.

고려대 서어서문학과를 졸업하고, 한국문학번역원에서 8년간 한국문학을
해외에 소개하는 일을 했다. 이후 경희대 교육대학원에서 한국어교육 석사
과정을 졸업했다. 지금은 어린이 책을 주로 기획하고 제작 중이며, 글쓰기,
번역, 디자인 등을 하는 프리랜서로 살아가고 있다.

2019년 위키드위키 출판사의 다양성 시리즈 〈세상의 많고 다른〉 첫 번째
테마인 가족을 주제로 『엄마 나무를 찾아요』를 출간했다. 2020년 폴앤니
나 출판사의 테마단편선 『언니 민지?』에 참여했다.

5년
후

5 Years later

5
년
후

정여랑

장편소설

[표지 설명]

연노란색을 배경으로 한 침실의 풍경이다.

왼쪽 상단에 흰색 바탕의 달력이 걸려 있거나 부착된 것으로 보이며, 이 달력의 제목은 특정 연도를 드러내지 않고 〈5 Years Later(5년 후)〉로 적혀 있다. 달력은 12개의 달이 모두 한 페이지에 보이는 달력이며, 달력 바탕에는 귀가 짧은 토끼의 실루엣처럼 보이는 꽃송이와 그 아래를 받치고 있는 두 장짜리 잎으로 이루어진 형태의 꽃이 두 송이 있다. (작가가 실제로도 귀 짧은 토끼의 얼굴이 피어 있는 꽃을 먼저 그린 후 그 실루엣을 땄다.) 두 송이의 꽃 중 하나는 초록색으로 꽃 전체가 향한 방향은 달력 안에서 왼쪽 상단 대각선 방향이며, 이 초록색 꽃의 바로 아래에서 약간 오른쪽에 위치한 나머지 한 송이 꽃은 표지의 연노란색보다 살짝 진한 연주황색으로, 꽃 전체가 향한 방향은 달력 안에서 오른쪽 상단 대각선 방향이다.

달력의 아래쪽이자 전체 표지의 왼쪽 하단에는 작은 원형 테이블이 있다. 테이블에는 하늘색의 화분과 그보다 진한 파란색의 조금 더 작은 크기의 화분이 올라가 있다. 화분에는 연한 갈색과 초록색의 중간색인 작은 잎사귀들을 많이 가진 나무가 담겨져 있다. 테이블의 다리는 전면에서 두 개만 보이게 그려져 있다. 테이블 다리 근처에는 회색 그림자가 테이블보다 조금 더 넓은 크기로 드리워져 있다. 화분들의 왼쪽 허공에 〈정여랑 장편소설〉이 세로 방향으로 적혀 있다.

화분의 오른쪽이자 전체 표지의 오른쪽 하단에 침대가 놓여 있으며, 침대의 머리맡에는 벽 쪽으로 갈색의 침대 헤드가 있고, 그 앞에는 베개와 쿠션 등이 총 5개 놓여 있다. 침대 헤드 쪽으로는 진보라색과 연보라색의 격자 무늬 쿠션이 왼쪽에서 오른쪽 방향으로 나란히 놓여 있으며, 그 앞으로는 왼쪽에 흰색 바탕의 회색 줄무늬를 가진 커다란 베개가 거의 다 보이고, 노란색 바탕에 진한 회색 줄무늬를 가진 베개가 그 오른쪽에 놓여 있지만, 침대와 베개, 쿠션 등이 놓여 있는 이미지는 표지 내에서 전체가 다 드러나지 않고 오른쪽의 3분의 1 정도가 표지 바깥에 있으리라 추측된다. 베개와 쿠션들 중 제일 앞에는 흰색 바탕에 연주황색 물방울 무늬를 가진 동그란 쿠션이 있다. 베개와 쿠션들의 아래에 깔린 침대 시트 혹은 이불은 연초록에 가까운 민트색이다. 침대의 오른쪽 아래 부분에 〈위키드위키〉 출판사명과 로고가 있다. 출판사 로고는, 뾰족한 끝이 둥글게 말린 마녀 모자를 쓴 빗자루가 주황색 초승달 위에 앉아 다리를 꼰 채로 독서를 하고 있는 모습이다. 빗자루와 모자는 갈색으로, 책은 짙은 파란색과 회색이 섞인 색이다.

침대의 위쪽이자 표지 전체의 오른쪽 상단은 빈 공간 위에 책 제목인 〈5년 후〉가 세로로 적혀 있다.

표지에 쓰인 〈5년 후〉와 〈정여랑 장편소설〉의 글씨는 모두 진하고 어두운 갈색이다. 표지 전체보다 조금 작은 크기로, 연한 하늘색 사각형 프레임이 전체 이미지 위에 올려져 있다. 동일한 색과 크기의 프레임은 표지 뒷면에도 적용되었다.

이 표지는 시각디자인이며, 시력이 나쁘거나 시각 장애가 있을 경우 표지 디자인을 충분히 느끼지 못할 수 있다. 이 책이 전자책이나 오디오북, 점자 도서로 만들어질 경우에 디자인을 잘 전달할 수 있도록 설명을 이곳에 담았다. 동녘 출판사에서 출간된 안희제 작가의 『난치의 상상력』에서 자세히 표현된 표지 설명과 그 의의에 대해 접하고, 저자에게 조언을 구하여 이렇게 표지 설명을 수록하게 되었음을 일러둔다.

차례

시작하지 못한 사람들　　　　　7

헤어진 사람들　　　　　19

이별을 거부하는 사람들　　　　　33

혼자이기를 택한 사람들　　　　　53

곁을 내준 이들　　　　　69

아이들　　　　　87

살아간다는 것　　　　　101

한 걸음 가까이 서는 것　　　　　115

선택　　　　　129

어떤 것들의 자리　　　　　141

다음으로 나아가기　　　　　153

다시 5년 후　　　　　169

작가의 말　　　　　185

시작하지 못한
사람들

다음 달 달력을 넘겨 보며 지훈은 입맛이 썼다. 이제 다음 달 15일이면 5번째 결혼기념일이다. 결혼기념일이 다가올수록 초조해지기만 했다. 선우는 그런 지훈의 마음을 아는지 모르는지 언제나와 같은 일상을 살고 있는 것 같아 보였다. 둘은 이 결혼을 이어 갈지에 대해 여태 아무런 이야기도 나누지 않았다.

아이를 갖지 않기로 하고 결혼했지만, 지훈은 내심 아이가 생긴다면 갖고 싶었다. 적당한 때가 오면 선우에게 피임을 중단하고 아이를 갖자고 적극적으로 설득해 볼 생각이었다. 그런데, 그 빌어먹을 결혼 갱신제가 시행되었다. 아이를 갖는 것에 대해서는 이야기도 꺼내 보지 못했는데 결혼에 대해 다시 생각해야 하는 시기가 와 버렸다.

결혼 갱신제. 이런 제도가 대한민국에서 시행될 수 있을 거라고는 아무도 생각하지 못했다. 미국과 캐나다, 유럽연합 각국의 정상들이 세계적인 저출생 문제를 해결하기 위한 B30 정상회담을 6차례에 거쳐 개최했다. 각국의 전문가들이 2년에 걸친 프로젝트를 거쳐 내놓은 답안은 바로 결혼 제도의 수정을 바탕으로 한 사회구조의 변화였다. B30 6차 회담이 끝난 후 참여국들은 상당수 결혼 제도를 고쳐 가기 시작했고, 이 과정에서 해외 사회가 겪는 진통을 뉴스로 지켜보면서 한국인들도 조용히 동요하기 시작했다.

2년 전 새롭게 들어선 이 정부는 여러 가지 새롭고 파격적인 정책을 시행했지만 그중 으뜸은 바로 이 결혼 갱신제의 도입과 시행이었다. 저출생 문제를 해결하기 위해 물밑으로 작업 중이던 전 정부의 대대적인 연구 프로젝트가 현 정부로 이어졌다. B30 정상회담의 결과를 지켜보던 현 정부는 지난해 이 놀라운 제도를 시행해 버렸다.

기존의 결혼 제도를 바탕으로 한 가부장적인 문화가 지금에 이르러서는 경제 주체로서의 동등한 성취를 이루고자 하는 여성들이 결혼 및 출산을 거부하는 현상으로 이어졌다. 출생률을 높이기 위해서는 국가가 결혼 제도의 형태에 상관없이 임신, 출산, 육아, 교육이 이루어질 수 있도록 전적인 책임을 져야 하며 성별과 가족 구성에 관계없이 출생과 연계되는 모든 복지에 힘을 실어야 한다는 분석에서 이 새로운 결혼 제도의 입법이 이루어졌다.

혼인 신고 시 〈종신제〉와 〈갱신제〉 중에서 선택하게 한 이 새로운 제도는 시행에 앞서 일단 5년 이상 결혼 생활을 유지하고 있는 기존의 기혼자들에게 6개월의 유예 기간을 주어 〈종신제〉와 〈갱신제〉 중에서 선택할 수 있도록 했다.

〈종신제〉는 기존의 혼인 제도와 동일하며, 혼인 관계를 중단하고자 할 때 기존의 이혼 신청 절차와 동일한 절차를 거쳐야 이혼에 이를 수 있다. 〈갱신제〉는 혼인 신고 후 5년 단위로 혼인 관계를 유지할지에 대한 의사를 신고하는 것으로, 혼인 관계 유지를 원한다는 신고를 하지 않을 경우 그 혼인 관계는 3개월의 유예기간을 거친 후 자동으로 해소된다.

5년 이하의 결혼 생활을 유지하고 있는 기혼자들은 별도의 종신제 신청을 하지 않을 경우 자동으로 갱신제의 적용을 받는 혼인 상태가 되고 예비부부의 경우 혼인 신고 시 결정할 수 있다.

대한민국은 2018년 OECD 국가 가운데 처음으로 출생률 0명대 국가가 되었다. 2018년 통계로 0.98의 출생률을 기록한 이후, 빠른 속도로 감소한 출생률은 현 정권으로 교체되던 해에 0.52에 이르렀다. 현 정권이 출범 전 공약으로 제시했던 것 중 가장 큰 의제는 바로 출생률 회복이었다. 그리고 0.52대로 떨어진 출생률 지표를 발표하며 정부는 지난해 이 제도의 도입을 예고했다.

제도 도입이 예고되자 찬성과 반대의 물결이 첨예하게 대립했다. 계속된 양측의 맞불 집회가 전국에서 이어졌다. 그런 와중에 저출생 문제의 심각성에 대한 충분한 시뮬레이션이 이루어지고 수십 번의 공청회를 거쳐 국회와 연구기관, 시민단체 등의 치열한 논의가 이어졌다. 이 프로젝트에 대한 정부의 신뢰와 의지는 확고했고, 내로라하는 석학들과 연구자들, 각 직업별 전문가들이 이 제도의 안정적 시행을 위한 연구에 투입되었다.

정부는 국민들에게 이 제도를 통해 여러 분야에서의 대대적인 일자리 창출이 이루어질 것이며 저출생 문제가 높은 확률로 해결될 것이라는 비전을 제시하는 데 성공했다. 절대 받아들여질 것 같지 않던 이 말도 안 되는 제도의 입법은 결국 국회를 통과하고 시행에 이르렀다.

선우와 지훈은 이 새로운 결혼 제도가 시행될 무렵 결혼 4년 차의 부부였다. 뜨거운 이슈였던 이 제도의 입법이 국회를 통과했다는 저녁 시간 뉴스 속보를 함께 시청하며 맥주를 마시는 중이었다.

"이 정부가 어떻게 감당하려고 저럴까?"

"자기도 그 공청회 다녀왔잖아. 난 상당히 괜찮아 보이던데. 이 정부 추진력이 대단한 것 같지 않아?"

"우리도 1년 반 후면 결혼한 지 만 5년이야. 어떻게 하고 싶어?"

"그걸 지금 어떻게 알아?"

"뭐야. 당연히 종신제로 바꾼다는 답이 아니잖아?"

"자기, 내가 약속할 수 없는 소리 하는 거 봤어? 그 미래는 가 봐야 아는 거지. 종신제로 사는 사람들도 언제든 이혼하는 세상이야."

"와, 진짜 넌…… 정나미라곤 없어."

"그게 내 매력이잖아. 이리 와, 뽀뽀해 줄게. 귀엽기는."

그렇게 말하는 선우에게 지훈은 아이를 갖자는 이야기를 꺼낼 수가 없었다. 당연히 우리가 평생 함께할 거라고 말해 주길 바랐다. 하지만 선우는 그런 말을 할 수 있는 사람이 아니었다. 부부는 함께하기를 선택한 관계이고, 따라서 더 이상 함께하지 않기로 결정한다면 멈출 수 있는 관계라고 말하곤 했다. 언제든 사람은 만나고 헤어질 수 있다고 말하는 선우가 지훈의 청혼을 받아들였을 때, 세상을 다 얻은 것처럼 그는 행복했다. 일단 이렇게 선우와 가정을 꾸리고 훗날 아이도 갖게 되면 그가 평생 지훈의 곁에 있을 거라고 믿었다. 그런데 이 새로운 결혼 제도가 시행되다니. 난감한 기분도 잠시, 시간은 어영부영 흘러 벌써 5번째 결혼기념일을 한 달 앞둔 지금이 되어 버렸다.

띵동 띵동. 초인종이 울렸다.

"너 얼굴이 왜 그래? 무슨 일이야?"

지훈이 차마 입을 열지 못하고 난감해 하고 있는 중에 지훈의 뒤에서 나타난 선우가 연우를 보고 놀랐다. 다 늦은 저녁에 언니의 집으로 달려온 연우는 울어서 온통 퉁퉁 부은 얼굴이었다. 선우가 연우를 거실 소파에 앉히는 동안 지훈은 따뜻한 물을 가져왔다.

"무슨 일이야? 응?"

다그치듯 묻는 선우의 등을 지훈이 가만히 토닥였다. 천천히, 라며 눈짓을 하는 지훈을 보고 선우는 숨을 고른 후 연우의 옆에 앉았다.

"일단 물 좀 마셔. 숨부터 돌리자."

연우는 물컵을 들어 천천히 물을 마셨다. 컵을 쥔 두 손이 바들바들 떨리고 있는 것을 선우도, 지훈도 알 수 있었다. 한참 고개를 떨구고 있던 연우는 등을 쓸어 주는 선우에게 몸을 맡기고 있다가 한참 만에야 입을 열었다.

"파혼하겠다고 했어."

"뭐? 갑자기 왜?"

"결혼 종신제를 택하지 않으면 집을 안 해주신대. 그래서 안 해주셔도 된다고 했어. 한석이에게 우리가 각자 모은 것들로 시작하자고 했어. 그랬더니 싫대. 부모님이 주시는 거 다 받고 결혼하고 싶대. 한석이 형네는 종신제를 선택하고 부모님한테 아파트 받아서 잘 산다고, 그러니 나보고 양보해서 종신제를 선택하래."

연우의 약혼자인 한석의 부모는 아들들의 결혼에 종신제를 선택하기를 종용했다. 갱신제를 택하는 부부는 아이를 갖지 않거나 늦게 가지려 든다고, 손주를 봐야 하는데 결혼 생활을 5년 만에 끝낼지도 모르는 며느리를 맞이하는 결혼을 한다면 집을 해 주지 않겠다는 이야기였다.

"그 집을 내가 갖는 것도 아닌데 난 그 논리를 이해할 수가 없어. 언니는 이해가 돼?"

"아니."

"어차피 집 받고 말도 안 되는 비싼 혼수들로 채우는 것보다 우리가 열심히 벌어 모은 걸로 소박하게 시작하는 게 더 낫다고 생각했어. 그래서 차라리 잘된 거라고 생각했거든. 그런데 한석이가 저렇게 나올 줄은 몰랐어."

연우는 한참을 숨을 고르다 울먹이다를 반복했다.

"그래서 어떻게 하기로 했어?"

"파혼하겠다고 하고 온 거라니까. 가뜩이나 그 형네 사는 모습 보면서 그 재산 받고 저런 부담 갖느니 결혼을 안 하고 말지라고 생각했었는데, 한석이까지 저렇게 나오니 마음이 정해져 버렸어."

"그래⋯⋯. 잘했어. 결혼은 네가 확신을 갖고 하는 게 제일 중요하지. 잘했어. 이제 그만 울어. 잘했어."

"그런데 언니⋯⋯, 이렇게 끝날 줄은 몰랐어. 실감이 안 나."

연우는 소리 내어 울기 시작했다. 선우는 그런 연우의 등을 쓸며 토닥였다. 지훈은 그런 두 사람의 모습을 보며 착잡했다.

결혼 갱신제가 시행된 지 만 2년이 안 된 지금까지 엄청난 이슈들이 사회 곳곳에서 일어나고 해결되기를 반복하고 있었다. 제도 도입 전, 저출생이 더 심해질 것이라는 반대 여론이 거세게 터져 나왔을 때, 정부는 이미 저출생에 대한 대책과 인프라를 마련해 둔 상태였다.

비혼 인구가 아이를 갖거나 입양하는 것을 포함하여, 동성 커플이 아이를 갖거나 입양하는 것에 이르기까지 임신, 출산, 육아를 결정하는 누구라도 그로 인한 생활의 어려움이 없어야 한다는 기조 아래 기본 육아와 교육에 대한 모든 것을 나라가 지원하겠다는 실질적인 대책을 제시했다. 보육 교사와 생활 전반을 돌봐 주는 돌봄 노동 인력, 신체 및 심리 등의 건강관리에 필요한 의료 인력에 대한 양성을 확대하고 관련 시설들을 확충했다.

급격한 변화로 인해 생길 수 있는 사회적 혼란에 대비하여 범죄 예방이나 치안과 관련한 인력도 확충했다. 관련된 모든 분야에서 일자리 창출이 이루어졌고, 전국의 거점 기관들에 관련 시설들을 새로 짓거나 확대해 나가면서 건설 분야도 함께 성장세를 보였다. 정부는 이 제도의 시행을 통한 대규모 일자리 창출과 출생률 회복이라는 공약을 분명히 실천해 가고 있었지만, 사회 전반에서 일어나는 엄청난 갈등은 한순간에 해결될 수 있는 성질의 것은 분명히 아니었다.

"내가 한석이를 좀 만나 볼까?"

"아냐, 언니. 우리 충분히 이야기했고, 끝냈어. 한석이는 갱신제로 결혼하고 싶지 않대. 경제적인 문제를 떠나서, 언제라도 헤어지지 않을 사이가 되기 위해 결혼이 필요한 거래."

"그렇게 이야기해?"

"응. 우리가 서로 사랑하면 그게 왜 문제가 되느냐고 물었어. 사람의 마음은 변할 수도 있는 거라 결혼 종신제 같은 구속력이 있는 제도가 필요한 거라고 이야기하더라. 난 그런 걸로 지켜져야 할 관계라면 싫다고 했어. 그렇게 결론을 냈어."

"잘했다. 고생했어. 고생했다."

선우가 연우를 달래고 있는 동안 지훈은 한 달 뒤의 자신들을 상상했다. 선우는 무슨 생각을 하고 있을까. 연우가 지금 하고 있는 저 모든 말들은 사실 선우가 평생토록 연우와 우애 좋은 자매로 살아오며 나누어 온 선우의 생각들이기도 하다는 걸 지훈은 너무나도 잘 알고 있었다. 자신이 한석의 입장에 있었다면 아마 갱신제를 택해서라도 사랑하는 사람을 곁에 두고 싶었을 것이다. 자신은 지금 한석이 연우와 결혼한다고 가정했을 때의 5년 후를 곧 맞이하게 되는 것이다. 우리도 갱신제 도입 이전이 아니라 이후에 결혼을 결정하는 상황이었다면 달랐을까. 지훈의 머릿속은 매우 복잡했고, 착잡했다. 선우는 지훈과 계속 부부로 살아가고 싶을까. 지훈은 다시 이번 달 페이지로 달력을 돌려놓으며 물을 들이켰다.

헤어진 사람들

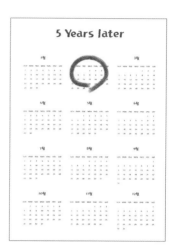

"좋아 보이네."

정욱이 혜선에게 무뚝뚝하게 인사를 건넸다. 환하게 웃으며
혜선이 인사를 받는다.

"우리 좋으려고 이혼한 거 아냐?"
"어이구, 이제 그런 말을 웃으면서 하네."
"그럼 언제까지 죽을상을 하고 만날 거야?"
"됐다. 내가 뭘 기대하겠냐."
"뭘 기대하긴 했나 봐. 애는?"
"저기 보이는 매점에 아이스크림 사러 갔어. 조금씩 혼자 물건
사는 법을 가르치고 있거든. 곧 나올 거야."

토요일 정오 무렵의 공원에서 혜선과 정욱이 나란히 벤치에 앉아 아이를 기다리고 있었다. 결혼 갱신제가 도입될 무렵 두 사람은 이혼 소송이 끝나는 과정을 밟고 있었다. 최종 판결이 날 무렵이 급진적인 제도가 도입된다는 뉴스를 보며 정욱은 씁쓸한 웃음을 지었었다. 그들이 부부로 살아가기 전에 이런 제도가 있었으면 이렇게 힘들게 이혼을 하지 않아도 되었을까 하는 의문을 가졌었다. 그러나 이미 이혼을 결정한 그들에게 그런 의문은 큰 의미가 없었다. 그리고 시간이 무심히 지나, 오늘은 혜선과 아이가 한 달에 두 번 만나는 어느 날이었다.

"어떻게 지내?"

"뭐, 똑같지. 엄마가 애 보느라 힘들어하시고."

"연세도 있으시고 힘드시지, 당연히. 당신이 좀 잘 해."

"그게 애 두고 이혼한 네가 할 소리야?"

"애 데려간다고 악착같이 버티고 사람 괴롭힌 게 누군데. 당신이랑 당신 어머니가 아이 데려가겠다고 그렇게 나를 비참하게 만들었던 건 기억 안 나니?"

"말을 말자."

"봐. 여전해. 불리하면 그냥 입을 다물어 버리지. 나 싸우려고 온 거 아니야. 한 달에 두 번 만나는 애랑 행복한 시간 보내야 하니까 그만 하자. 시간 아까워."

멀리서 아영이가 엄마를 부르며 달려왔다. 달려가 서로를 꼭 끌어안는 두 사람을 보며 정욱은 씁쓸했다. 처음 이혼을 결심했을 때만 해도 아이에게서 엄마를 떼어 놓을 생각까지는 없었다. 이혼을 진행하는 과정에서 둘은 서로에 대한 상처를 끝없이 주고받았다.

정욱의 부모는 혜선이 일하는 것을 고집하는 것과 혜선의 친정이 아주 먼 지방이라 육아에 도움을 줄 수 없다는 것을 이유로 들며 손녀를 결코 며느리에게 맡길 수 없다고 했다. 그런 이유로 정욱에게 아이를 결코 뺏겨서는 안 된다고 부추기기는 했어도, 사실 결혼 생활을 하는 동안 정욱의 부모가 아이를 키우는 데 도움을 주었던 것은 아니었다. 아이를 뺏길 수 있다는 위기감과 부모의 고집이 정욱을 움직였고, 결국 이혼소송에서 정욱은 아이에 대한 단독 양육권을 갖는 데 성공했다. 하지만 그것은 누구에게도 성공이라고 이름 붙일 만한 것이 아니었다.

"월요일에 포럼에 나오는 거지? 참석자 명단에 있더라?"

아이의 짐 가방을 받으며 혜선이 물었다. 주말 동안 아이와 함께 지내기로 해서 멀리까지 가느라 짐이 많았다.

"응. 나도 자료집 표지에서 당신 이름 봤어. 볼드체로 찍힌 발표자 이름인데 지나칠래야 지나칠 수가 있어야지. 이번에 특이 케이스들 있어?"

"특이한 케이스들은 아니고, 다발적으로 일어나는 케이스들을 통계로 분석해 봤어. 당신도 재미있을 거야. 알잖아, 어느 시기에서 선택하느냐의 차이는 있지만 결혼 앞두고 갱신제 선택 여부로 다투다 파혼하거나 데이트 폭력 등의 범죄로 이어지는 케이스나, 오랜 결혼을 유지한 상태에서 한쪽 배우자가 다른 쪽을 살해하는 케이스들도 있고. 당신 센터에도 그런 케이스들 많이 들어오지 않아?"

"많은 정도겠냐. 지겹다, 이제."

"여튼, 월요일에 내가 아이 바로 등원시키고 포럼 행사장으로 갈게. 괜찮지?"

"그렇게 해. 엄마가 이번 주말은 좀 편하시겠네."

"당신은 애 안 보니? 멀쩡한 애 아빠는 뭘 하고 칠순 노모를 갈아 넣어."

"엄마가 아영이 본다고 고집 부리시는 거 알잖아."

"당신이 그 핑계로 애를 안 보는 건 알지."

"야, 이혜선."

"나 간다. 아영아, 아빠한테 인사해야지."

혜선과 정욱은 정신건강의학과 전문의들로, 결혼 갱신제 도입 이후에 국립정신보건사업지원센터 전국 각 지부에 투입되는 인력들을 양성하는 일을 하고 있었다. 이혼 후 마침 혜선은 지방 센터로 발령이 나서 둘은 자연스럽게 물리적으로도 먼 거리에 있게 되었다. 아이의 단독 양육권을 확보했지만 정욱은 결혼 갱신제 도입 이후 엄청나게 바빠진 센터의 업무로 매일 철야 근무를 하다시피 했다. 아이의 양육을 절대적으로 도맡아야 하는 상황이 오리라는 것을 예상하지 못한 정욱의 부모는 혜선의 빈자리를 채우지 못해 버거워했다. 집에 오면 쓰러져 자기 바쁜 아들을 안쓰럽게 여겨 어쩌지도 못하는 정욱의 어머니가 거의 대부분의 육아와 살림을 도맡고 있었다.

"왔니? 아영이는 제 엄마한테 잘 데려다줬고?"

외출한 줄 알았던 정욱의 어머니는 언제 돌아와 있었는지 거실에서 빨래를 걷고 있었다. 정욱은 점퍼를 벗어 대충 식탁 의자에 던져 놓고 소파에 앉았다.

"네. 애 엄마가 월요일에 바로 유치원으로 등원시킨다네요. 주말에는 좀 쉬세요, 엄마."
"쉬기는. 겨울옷들 정리해서 이제 좀 넣어야지. 계절 바뀌니 할 일이 많아. 아영이 없을 때 많이 해 놔야지."

"엄마 힘드시잖아. 내가 지난번에 재생산본부 돌봄센터 이야기해 드렸잖아요. 아이 양육은 거기서 지원받을 수 있어요. 아이 키우는 사람들이 일에도 집중할 수 있게 나라가 책임진다니까."

정욱이 벗어 놓은 점퍼를 집어 옷걸이에 걸며 정욱의 어머니가 단호하게 대답했다.

"아서라. 아영이는 내가 키운다. 에미가 두고 간 자식 가엾어서 안 돼. 남의 손에 못 맡겨."

"엄마……, 말은 바로 해야지. 아영 엄마가 애를 두고 간 건 아니지. 데리고 가거나 가까이에서 같이 키우겠다는 사람을 우리가 기어코 애한테서 떼어 놓은 거잖아요."

"핏덩이를 놓고 일하겠다고 할 때부터 모진 에미라고 생각했어. 바쁜 남편이나 애를 생각했으면 지가 어떻게 그럴 수가 있어? 다 아영이 생각해서 동생도 하나 낳으라고 이야기를 해 줘도 귓등으로 듣고. 그러는 걸 몇 년을 봐줬는데 무슨 일이 그렇게 중요하다고 이혼하자는 말이 나와?"

"제 결혼이에요. 제 이혼이고요. 엄마, 좀 그만해요. 그리고 요즘 시대에 그렇게 말하면 다들 욕해요."

"욕하라지. 그리고 너는, 결혼할 때는 우리한테 허락을 받더니, 이혼은 왜 너희들 마음대로야!"

정욱은 기어코 목소리가 높아진 어머니를 외면하고 방으로 와버렸다. 일 년 반 가까이 육아에 지친 노모는 아무래도 심한 우울감에 시달리고 있는 게 분명해 보였다. 자신은 정신건강과 관련된 일을 하는 전문가이지만 어머니와 상담자-내담자의 관계로 있을 수는 없었다. 다른 전문가에게 보내 도움을 받게 하고 싶어도 한사코 고집스럽게 거절하는 노모를 이기거나 설득할 재간이 정욱에겐 없었다.

정부에서는 재생산본부라는 이름의 기관을 만들어 결혼 갱신제 도입과 관련된 모든 사업을 총괄했다. 재생산본부는 산하에 국립인구지원센터와 국립정신보건사업지원센터를 두고 전국에 하위 지부를 개설했다. 특히 보육과 관련된 돌봄 노동력 제공과 교육은 재생산본부의 주요 핵심사업 중 하나로 국립인구지원센터에서 시행하고 있었다. 3개월 된 영아부터 초등학생에 이르기까지 영유아와 어린이들이 필요한 보육을 언제든 받을 수 있도록 상주 인력이 있는 보육 기관이 지역별로 균등하게 배치되도록 했다. 교사 및 의료진, 심리상담사, 돌봄 노동인력 등 투입되는 모든 노동인구는 철저한 교육과 반복되는 워크숍 등을 통해 관리되었다. 성별에 관계없이 양육을 위해 경력을 중단하는 인력은 추후 취직이나 복직을 위한 교육과 직업훈련 및 심리 상담을 주기적으로 받아야 했다. 또한 주 양육자가 아닌 공동 양육을 하는 구성원 역시 교육과 심리 상담을 받아야 했다.

이 제도는 매우 치밀하게 계획되고 시행되었다. B30 정상회담에 참가하지 않은 대한민국이었지만 이러한 시스템은 B30 참여 국가들이 벤치마킹을 위해 협력 요청을 해 올 정도의 정밀함을 자랑했다. 하지만 아무리 많은 인력과 자원이 투자되어도 사람들이 평생 살아온 문화 속에서 교육된 삶의 방식이 한 번에 고쳐질 수는 없었다. 연구진은 이 제도가 문화로 정착되는 데 최소 7년에서 15년 정도의 시간이 필요할 것이라고 예측했다. 정부는 그전까지 발생 가능한 사회적 갈등들에 대해 최대한 예상하고 준비해서 시행을 결정하게 된 것이었다.

정욱은 복잡한 기분을 뒤로하고 월요일에 참석할 포럼 준비를 위해 자료집을 펼쳤다. 기조발제자로 혜선의 이름이 표기되어 있었다. 〈강력범죄 통계와 사례로 살펴보는 국가재생산 프로젝트의 현주소〉라는 제목과 함께 〈광주 국립정신보건사업지원센터 정신건강의학연구소장〉이라는 직함이 눈에 들어왔다. 삼십 대 중반의 여성 소장이 임명되는 일은 흔한 일이 아니었다. 혜선과 정욱은 대학 시절 소개팅으로 만나 한두 번 데이트를 하고 흐지부지 헤어졌다가, 같은 대학원으로 진학하면서 함께 수업을 듣고 연구를 같이 하게 되면서 다시 만나 결혼까지 하게 되었다. 혜선은 언제나

열정적으로 일과 연구에 매달렸고, 결혼 전에는 정욱도 그런 혜선을 멋지다고 여겼다. 일과 인생에 대해 서로가 비슷한 생각과 경험을 공유하고 있다고 생각했다.

"나도 당신이랑 같은 직업을 가지고 있는 사람이야. 그런데 왜 내 입장을 이해 못한다는 거야?"

"혜선아, 지금 우리는 애도 있고 어른들 생각도 해야 하잖아. 너 일한다고 아영이는 아침 일곱 시 반부터 저녁 늦게까지 어린이집에 있어야 한다고 엄마가 애 걱정을 얼마나 하시는지 알아? 너 모질다고 하시는데 내가 매번 너 감싸느라 힘들어."

"감싸기는 뭘 감싸. 왜 감싸야 할 일인데, 그게? 당신이 야근하는 건 당연하고 내가 야근하는 건 모진 일이니? 이런 상황에서 많은 엄마들의 경력이 결국 단절되고 이전의 삶으로 돌아가지 못해. 그런 시스템을 고쳐 보겠다고 지금 이 프로젝트를 준비하고 있는 거잖아. 아이 갖고 낳고 꼬박 2년을 아이에게 매여 있었으면 난 충분히 할 만큼 했다고 생각해. 나한테 이 일은 너무나 중요하고, 그렇게 아이가 걱정되면 당신이 휴직하던가."

"나 지금 한창 승진 앞두고 있어서 그럴 수 없는 거 알잖아."

"나는 아니니? 그 승진 심사 대상에 내가 있는 거 알기는 해?"

한창 갈등이 격해지던 시절이 떠올랐다. 정욱은 내담자들에게는 어떻게 하라고 조언을 하거나 이야기를 들어줄 수 있었지만, 자신의 상황에서 매번 반복되는 그런 갈등이 무척 피곤했다.

"우리 부모님한테 아영이 부탁드리고 도움을 받자. 그러면 서로 마음도 놓이고 애도 기관에 오래 있지 않아도 되잖아."

"그럼 결국 어머니 혼자 고생하실 게 뻔하잖아. 그리고 내 마음은 편하겠어? 아이는 우리가 책임지는 거야. 어머니께 부탁드리는 건 나 일하겠다고 또 다른 여성 노동력을 무임으로 갈아 넣는 일이라고."

"넌 정말…… 왜 뭐든지 쉽게 갈 수가 없어?"

"당신이 그렇게 쉽게 생각하는 것들 때문에 내가 쉽게 갈 수 없는 것들이 늘어나는 건 알아?"

대화의 끝은 언젠가부터 이렇게 혜선의 눈물과 정욱의 침묵으로 끝났다. 비슷하고 편안함을 주는 사람이라 결혼했다고 생각했었지만, 어느 순간부터 그것이 착각이었다는 생각이 드는 날들만이 계속되면서 둘은 결국 헤어졌다. 결혼 전이 그리웠다. 헤어진 지금도 정욱은 그때의 서로가 공유하던 생각과 시간들이 무척 그리웠다. 하지만 소송까지 불사하고 헤어진 지금은 너무 먼 길을 왔구나 싶었다.

휴대폰이 울렸다. 같은 연구소의 후배로부터 온 전화였다.

"선배, 요청하신 자료 이메일로 보내 뒀어요. 어머님 보시기 좋게 큰 글자 버전 책자로 우편 발송도 같이 했으니 도착하면 보여 드리세요."

"뭘 그렇게까지 번거롭게 했어. 고맙다."

"뭘요. 이제 공동 양육자도 의무적으로 교육을 이수하지 않으면 벌금 내야 한다고 꼭 말씀하세요. 그래야 억지로라도 상담 받으러 나오실 이유가 생길 거예요. 그렇게라도 해야지 노인네 힘드셔서 안돼요."

"친아들보다 네가 낫다고 하시겠다. 여튼 고마워. 밥 살게."

이별을 거부하는
사람들

"엄마, 왜 그랬어? 엄마는 늘 행복하다고 했었잖아."

칸막이 너머로 울먹이며 말을 걸어오는 지안에게 미영은 아무 대답도 하지 않았다. 어서 딸애가 그냥 돌아가 주길 바랐다. 자신이 잘못했다는 생각은 들지 않았다. 어떤 변명이나 구차한 설명을 늘어놓고 싶은 마음도 들지 않았다. 내가 너를, 너희를 얼마나 행복하게 키웠는데. 내가 얼마나 열심히 살아왔는데. 난 잘못한 게 없어. 잘못한 건 네 아빠지, 내가 아니야.

"미영아, 당신같이 현명하고 똑똑한 사람이 여태껏 나와 이런 가정을 꾸리고 살아 줘서 참 고마워. 아이들도 이제 다 잘 커서 자기 앞가림도 하고 있고, 이게 다 당신 덕분이야."

고장난 시계도 하루에 두 번은 맞는다더니, 이 남자가 갑자기 왜 이렇게 멀쩡한 소리를 하는 걸까. 미영은 의아했다. 퇴근하고 돌아와 비싼 와인을 안기더니 저녁 식사가 끝나갈 무렵 뜬금없이 이런 소리를 하는 것이었다. 또 무슨 사고를 쳤나 싶어 내심 불안이 엄습했다. 이틀 전의 저녁이었다.

"지안 아빠, 왜 그래요? 혹시 또 주식에 손댔어?"
"주식은 무슨……. 당신한테 늘 고마운데도 표현하지 못하고 살았어. 꼭 이야기하고 싶었어. 당신은 참 좋은 여자야. 나한테 과분하고, 아이들에게도 좋은 엄마고."
"이 남자가 왜 이래……. 사람 불안하게. 혹시 또 여자 생겼어요?"
"이 사람이 참. 좋은 말을 해도 그렇게밖에 생각을 못 하나!"

미영은 흠칫 몸을 움츠렸다. 남편이 손찌검이라도 할까 싶어 몸이 먼저 반응을 했다. 몸과 마음이 감지하는 신호가 서로 달라 혼란스러웠다. 이 사람이 환갑을 앞두고 철이 드는 건가. 미영은 모처럼 남편이 다정한 말을 건넸는데 머쓱하게 만든 것이 미안해졌다. 한편으로는 여전히 이 상황이 너무도 낯설어서 혹시 이 남자가 죽을병에라도 걸린 게 아닐까 불안한 의심도 공존했다.

"미안해요. 당신한테 그런 소리 듣는 게 생전 없던 일이라……. 기껏 생각해서 이야기해 준 건데 미안해요."

어색한 침묵이 흐르는 채로 두 사람은 식사를 마무리했다. 설거지를 하고 거실로 나오니 남편이 와인 잔을 채우고 있었다.

"정말 오늘 무슨 날이에요? 좋은 일이라도 있어요?"
"아니……. 내가 이야기했잖아. 당신에게 감사한다고. 당신처럼 훌륭한 여자를 만나 내가 삼십 년 가까이 좋은 남편, 좋은 아빠 소리 들으며 살 수 있었어."

아까 괜스레 남편을 민망하게 만든 것 같아 내심 미안했는데, 남편이 자리까지 세팅하고 와인을 건네자 미영은 불안함이 좀 가셨다. 남편이 사 온 와인은 미영의 취향에 딱 맞게 너무 스윗하지도 너무 드라이하지도 않고 입안에 아주 가볍게 향만 그윽하게 남는 좋은 와인이었다. 웬일로 자신의 취향에 맞는 와인까지 골라 온 남편의 성의에 미영은 그제야 고마운 마음과 함께 얼굴이 밝아졌다.

"당신 그동안 아이들 키우느라 하고 싶은 것도 못 하고 살았잖아. 좋은 대학 나와 직장생활도 못 해 보고 세 아이들 엄마로, 내 아내로만 사느라고 너무 고생했어. 당신 이제라도 하고 싶은 일 있으면 해. 공부하고 싶은 게 있으면 하고."

미영은 꿈을 꾸고 있는 건지 기분이 묘했다. 그 시절에 여학생이 서울 내 상위권 대학에 진학하는 것은 흔한 일이 아니었다. 그렇다고 집안 형편이 넉넉했던 것은 아니어서 미영은 아르바이트와 장학금으로 학비와 생활비를 혼자 해결해 가면서 학업을 마쳐야 했다. 취업을 준비하던 졸업반 시절, 남자친구였던 남편과의 사이에서 아이가 덜컥 생겼다.

당시 미영은 대기업 입사를 위한 최종 면접을 앞두고 있었다. 합격을 한다고 해도 임신한 몸으로 입사를 할 수는 없었다. 임신을 중단하는 것은 생각할 수도 없었다. 고심 끝에 미영은 사랑하는 남자와 가정을 꾸리고 아내로 살아가는 것을 택했다. 열심히 공부하고 성취한 것들은 아이들에게 물려주면 된다고 믿었다. 자신이 아니더라도, 사랑하는 남자를 성공하게 하는 것 역시 생의 의미가 있는 일이라고 생각했다. 그렇게 결혼한 미영은 자신의 소신대로 열심히 살았다.

"당신 우는 거야? 왜 울고 그래……. 마음 아프게."

"아니…… 꿈만 같아서요. 힘들었던 게 다 보상받는 기분이 들어서. 믿기지가 않을 정도로 기뻐서……."

손으로 눈물을 연신 훔치는 미영에게 남편은 조용히 티슈를 뽑아 건넸다. 티슈를 건네는 남편의 마음씀씀이도 너무 낯설고 감동적이어서 미영은 울음이 더 북받쳐 올랐다. 한참 낮은 울음을 울다가 진정이 된 미영이 고개를 들었다. 걱정스런 얼굴로 그런 미영을 바라보던 남편이 이제 좀 진정이 되었는지 물었다. 미영이 애정을 담은 축축한 눈으로 남편을 바라보며 고개를 끄덕였다. 그러자 남편이 서류 봉투 하나를 천천히 꺼내 식탁 위에 놓았다.

"이게 뭐예요?"
"그…… 있잖아. 결혼 갱신제 신청 서류야. 내가 작성할 부분은 다 채웠어. 여기 서명하고 유예기간 지나면 이제 각자의 인생을 살면 좋을 것 같아. 결혼에 매여 있기에는 당신은 내게 너무 과분하고 좋은 사람이야. 정말 고마웠어."
"……."
"당신이 취업을 하거나 공부를 하려면 충분한 시간이 필요할 거야. 전업주부로만 너무 오랜 시간을 보냈잖아. 다행히 나라에서 전폭적으로 지원을 해 준대. 얼마나 좋아? 아이들도 다 컸고, 이제 당신 인생을 멋지게 살아갈 기회가 온 거야. 미영아, 당신도 이제 제2의 인생을 살 수 있어. 이런 좋은 세상을 맞게 되다니. 축하해, 미영아."

이 개새끼는 진심으로 축하의 말을 하는 중이었다. 눈앞이 하얗다 못해 캄캄하게 느껴졌다. 미영은 검붉은 색의 고급스럽고 세련된 몸선을 지닌 와인병을 집어 들었다.

"엄마, 괜찮아요? 무슨 말이라도 좀 해 봐. 내 얼굴 좀 봐요. 응?"

"지안아, 그냥 돌아가. 엄마는 지금 아무 말도 하고 싶지 않아."

창살 너머로 울먹이고 있는 딸을 뒤로하고 미영은 일어섰다. 저 아이는 내가 다른 삶을 살 수도 있었던 길을 포기하고 선택한 삶이었는데, 남편의 바람이나 폭력도 숨겨 가며 살았던 것은 다 저 아이 때문이었는데. 그 모든 날들이 억울했다. 자식들에겐 죄가 없으니 좋은 아빠로 기억하게 해 주고 싶었다. 그래서 그 모든 것들을 숨기며 화목한 모습만 보여 주려고 애쓴 평생의 시간이 이루 말할 수 없이 분하고 원통했다. 남편이 살아 있다면 다시 죽일 수 있을 것만 같았다. 그래서 남편의 얼굴이 제법 보이는 딸의 얼굴을 지금은 마주하고 싶지 않았다. 미영은 딸의 울음소리를 뒤로하고 면회실에서 나와 버렸다.

철컹. 구치소 철창의 문이 닫혔다. 옆칸의 여자가 벽에 기대 졸고 있다가 눈을 떴다. 얼핏 보기에도 온몸에 여기저기 멍이며 상처가 가득했다. 이국적인 외모가 아마도 외국인인 듯했다.

"아가씨는 왜 여기 있어요? 병원에 가야 할 것 같은데."

조심스레 말을 건네자 그는 희미하게 웃었다.

"의사들이 치료했어요. 그리고 사람들이 나 여기 다시 데려왔어요."

어색한 한국어를 구사하는 그는 캄보디아에서 온 리안이라는 이름을 가진 결혼이주민 여성이었다. 서른두 살이나 많은 한국 남자와 결혼을 했고 세 살짜리 아이도 있다고 했다. 남편은 술만 먹으면 아이는 다른 방에 가둬 두고 리안을 혁대로 때렸다. 너는 내가 큰돈을 주고 데려왔으니 밖에 나가서 다른 놈들을 만나기라도 하면 가만 두지 않겠다며 몸에 여기저기 상처가 나도록 때렸다고 했다. 아기가 들을까 봐 리안은 비명도 삼키며 그 매를 다 맞았다고 했다. 엄마를 찾느라 아기가 자지러지게 우는 소리를 내면 그제서야 남편은 혁대를 다시 벽에 걸었다. 긴 뱀 같은 그 혁대가 리안은 가장 무서웠다고 했다. 술에서 깬 다음날의 남편은 다정하기 짝이 없는 사람이었다. 그래서 리안은 남편이 술을 먹지 않기만을 매일매일 기도하며 살았다.

그러다 대한민국에 결혼 갱신제가 갑작스레 도입되었다. 도입을 앞두고 사회 전체가 진통을 겪고 있던 시기부터 연일 뉴스에 그 이야기가 가득하자 리안의 남편은 텔레비전을 없애버렸다. 따로 살고 있던 시어머니가 들어와 같이 살기 시작했고, 혼자서는 바깥 외출을 하지 못하게 했다. 하지만 그런다고 보는 눈, 듣는 귀가 없는 것이 아니었다. 리안은 아직 귀화하지 못한 자신에게도 결혼 갱신제가 똑같이 적용된다는 것을 알아냈다.

아이의 검진일에 동행한 시어머니의 눈을 피해 동사무소에서 용케 갱신제 신청 서류를 받을 수 있었다. 그리고 남편이 귀가하기 전에 방에서 도장을 찾던 중이었다. 하필 그날 술을 먹고 들어온 리안의 남편은 상황을 파악하고는 집안의 물건을 손에 잡히는 대로 들어 리안을 때렸다. 아이를 방에 가둬 두지도 않았다. 아이가 보는 앞에서 무참하게 그 어미를 보란 듯이 때렸다. 방에서 부엌으로, 거실에서 욕실로 도망치는 리안을 따라 달리던 남편은 아이의 장난감을 밟고 넘어지면서 뇌진탕으로 죽었다. 그리고 시어머니의 신고로 리안은 살인죄로 잡혀 들어왔다고 했다.

"저는 정말 그 사람 안 죽였어요. 저는 계속 도망만 쳤어요. 그 사람 안 죽였어요. 시엄마가 내가 그 사람 죽였다고 말해요. 하지만 저는 그 사람 안 죽였어요. 내 아기 아빠인데 어떻게 죽일 수가 있어요. 저는 정말 안 죽였어요."

미영은 리안이 남편을 죽이지 않았다고 중얼중얼 같은 말을 계속해서 잇고 있는 모습을 한참 바라보았다. 기껏해야 스물한 두 살쯤으로 보이는 그 이국의 얼굴은 자신과는 비교도 되지 않는 기구한 인생으로 보였다.

내 아기 아빠. 많은 것을 참게 해 주는, 참아야만 하게 하는 호칭이었다. 미영에게도 남편이 그 호칭이었던 시절이 분명 있었다. 품에 안은 작은 아기가 발그레하고 통통한 볼을 하고선 만족스럽게 엄마의 젖을 빨며 눈을 마주치면 한미영으로 만들어 가고 싶었던 인생에 대한 아쉬움을 잠시 잊을 수 있었다.

갓난아기는 최소 두 시간에 한 번씩은 배가 고프다고 보챘고, 한 번 젖을 물면 삼십분씩은 빨아야 하는 작은 아기를 위해 미영은 하루에 6시간 이상 젖을 먹였다. 나머지 시간은 아이를 세워 안고 한참을 트림을 시키고, 기저귀를 갈고, 아이를 달래 재우고, 아이가 잠든 동안에는 기저귀를 모아서 빨고, 밀린 설거지를 하고, 집안의 먼지를 닦고, 밥과 반찬을 만들었다.

천국과 지옥을 오가는 육아의 기간 동안 상당 부분은 지옥이었고, 아이가 경험하게 해 주는 천국은 아주 찰나였다. 퇴근 후 집에 오면 가방을 던져 놓고 제 몸 하나 씻고 챙기는 게 우선인 남편이 었지만, 아기를 안고서 눈을 마주치며 행복해하는 그 '내 아기 아빠'의 얼굴을 보고 있으면 무심한 것은 그렇게 견뎌지곤 했다.

그렇게 시간이 흘러 세 아이의 엄마로 살고 있던 미영이었다. 남편은 외도를 하기도 하고, 주식에 손을 대 거액의 자산을 날리 기도 했다. 어느 날 귀가가 늦어 또 그 여자를 만나고 온 게 아니 냐며 비난 섞인 질문을 했던 날, 남편은 미영을 처음으로 때렸다. 맞은 미영도, 때린 남편도 순간 놀라 집안의 공기가 무겁게 내려 앉았다. 남편은 무릎을 꿇고 미영에게 빌었다.

"미안해. 내가 이런 사람이 아닌데, 정말 미안하다. 믿어 주지 않으니까 순간 너무 화가 나서 그랬어. 정말 미안해."

무릎 꿇은 남편의, '내 아기들의 아빠'의 얼굴을 바라보며 미영 은 멍하니 흐르는 눈물을 훔쳤다.

"아이들 앞에서 이런 추태를 보이면 결코 용서하지 않을 거야. 그때는 더 이상 당신 곁에 있지 않아."
"알았어. 알겠어, 여보. 약속할게. 내가 꼭 약속할게."

남편은 그 약속을 지켰다. 그렇게 시작된 폭력은 아이들이 보지 않는 곳에서 가끔 계속됐다. 아이들 앞에서는 세상 좋은 아빠로, 의무는 다 하는 무뚝뚝한 남편으로 멋지게 연기를 해 주었다. 주식으로 수천만 원을 날렸을 때도, 또 다른 여자와의 외도가 발각되었을 때도, 남편은 아이들이 보지 않는 곳에서 뻔뻔하게 보이지 않는 곳을 골라 때렸다.

아이들은 행복하고 건강한 아이들로 자랐다. 미영의 친정 식구들도, 시가 식구들도 다 미영이 행복한 가정을 현명하게 잘 꾸리고 살아간다며 주변에 자랑하는 것을 서슴지 않았다. 아이들의 학교에서도 미영은 좋은 학교를 나와 아이들을 똑똑하고 건강하게 키우며 남편의 내조도 잘하는 엄마로 여겨졌다. 많은 이들이 부러워하고 질투하기도 하며 미영과 가까이 지내고 싶어했다. 아이들의 친구들이 부러워하고, 아이들의 친구 엄마들이 부러워하는 그 자리를 벗어나 자유로워질 수가 없었다. 적어도 아이들이 이 모든 사실을 모르고서 행복하게 살 수만 있다면, 저 쓰레기 같은 옛사랑인 남편을 견딜 수 있었다.

큰딸 지안은 대학을 다니던 시절, 본인이 페미니스트라고 이야기하며 미영에게 물었다.

"엄마는 그 시절에 그 좋은 대학을 나왔으면서 전업주부로 사는 거 답답하지 않아요? 아깝지 않았어?"

"그 시절엔 나도 페미니스트였어. 내가 벌어서 살고, 내가 공부한 걸로 혼자 살아갈 자신이 있었어. 그런데 어쩌겠어. 너도, 네 동생들도 다 너무 예쁘고 엄마 밥 엄마 밥 하며 배고프다 보채는데. 너희들 키우다 보니 나이만 들었지. 너는 너희 시대의 페미니즘을 실천하면서 살면 돼. 엄마는 아빠 잘 내조하고 너희들 잘 키우는 게 나를 증명하는 일이었어."

"그래도 너무 아깝잖아. 그 똑똑한 머리를……."

"똑똑해서 이렇게 너처럼 똑똑한 딸을 낳고 키웠으면 됐지. 막내까지 대학 가고 졸업, 취직시키고 나면 나한테도 다른 인생이 생기겠지."

"엄마, 나는 결혼할 생각은 딱히 없는데, 엄마가 우리를 보면서 행복해하는 게 너무 좋아서, 난 꼭 이다음에 애는 낳아서 키우고 싶어."

"결혼 생각은 없는데 애는 어떻게 낳아?"

"에이 참, 엄마는. 애는 결혼이랑 상관없이 생기잖아."

"엄마한테 못 하는 소리가 없다. 결혼도 안 하고 애만 낳겠다는 해괴한 소리가 어디 있어!"

그렇게 딸과 깔깔 웃으며 대화하던 어떤 오후가 생각났다. 그 오후와 지금이 너무도 다른 색깔이어서 실감이 나지 않았다. 그 오후에 사랑하고 있던 자신의 아이들이 생각났다. 쓰레기 같은 놈이 쓰레기 같은 이야기를 했을 뿐인데, 그 오후로 돌아갈 수 없는 일을 저질렀다는 걸 깨달았다. '내 아기들의 아빠' 따위 이미 오래전에 의미를 잃은 호칭이었는데, 내 아기들을 이전처럼 만날 수 없게 되어 버렸구나.

미영은 철창에 기대어 주저앉은 채로 그제야 울기 시작했다. 남편의 시체 앞에서도, 112에 전화해서 자수를 하던 순간도, 경찰서로 와 진술서를 쓰던 내내도, 지안이 와서 울고 간 그 면회실에서도 나오지 않았던 울음이 이제야 터져 나왔다. 옆칸에서 앳된 이국의 얼굴이 안쓰러운 눈으로 그런 그녀를 바라보았다.

*

"너희들. 날을 다 잡아 놓고 싸움 한 번 했다고 이게 무슨 짓이야, 경솔하게. 한석이 오라고 했다. 지금 거의 다 도착했을 거야."
"엄마……."
"너희들이 나이만 먹었지 철이 없어서 그래. 아빠랑 내가 한석이한테 알아듣게 잘 이야기했으니 다시 잘 풀어 봐. 한석이는 아직 저쪽 어른들한테 이야기 안 했어. 그렇게 진중하게 행동하는 거 봐. 걔가 너보다는 훨씬 철이 들었지."

　말문이 막혀 더 잇지 못하고 있는 연우에게 연우의 아버지도 보태기 시작했다.

　"너 이제 서른이 넘었어. 이제 이것저것 계산할 나이 지났다. 너희들 그렇게 들락거리면서 연애한다고 주변에 티를 냈잖냐. 한석이 애 멀쩡하고 문제 없으니 결혼해. 식장까지 다 잡아 놓고 이게 무슨 짓이야."

　"아빠까지 정말 왜 그래요? 서른 넘은 거랑 그게 무슨 상관이야. 계산을 해서 내가 이러는 게 아니란 말이에요."

　연우는 너무 답답했다. 화를 내고 싶었다. 그냥 멀쩡하고, 문제없으니 결혼한다는 말이 도대체 무슨 말인가 싶었다. 집, 혼수, 그런 걸로 휘둘려야 하는 게 싫었다. 그런 게 문제가 아니면 뭐란 말인가.

　"김연우. 아빠 엄마가 사윗감한테 아쉬운 소리 해 가며, 달래 가며 다시 자리를 만들었는데 무조건 너 좋을 대로만 할 거야? 내가 그렇게 키웠어?"

　"아빠……."

초인종이 울렸다. 인터폰 화면을 확인하던 연우의 어머니가 깜짝 놀랐다. 아이고, 사돈이 오셨네. 연우의 아버지도, 연우도 예상 못한 상황에 매우 당황했다. 잠시 후 한석과 한석의 어머니가 연우의 집에 들어섰다.

"안녕하셨어요, 사돈."

"아이고, 사돈. 어서 오세요. 어떻게 여기까지 오시고……."

"우리 막내가 끙끙 앓길래 무슨 일인가 싶어 제가 좀 추궁을 했죠. 아이들이 좀 다퉜나 보더라고요. 제가 우리 새아기 얼굴도 좀 보고 오해도 좀 풀어줄 겸 해서 와 봤어요. 갑작스레 와서 많이 놀라셨지요?"

"아니, 아닙니다. 잘 오셨어요."

잠옷 차림으로 여태 있다가 옷도 얼굴 매무새도 겨우 급하게 정리하고 손님을 맞이한 연우는 어른들의 대화를 들으며 마냥 착잡했다. 소파 한쪽에는 한석이 굳은 얼굴로 앉아 있었고, 연우는 어제 오늘 계속 울어서 눈의 충혈과 눈가 붓기가 가라앉지 않은 채였다.

"아가, 우리 곧 정식으로 식구가 될 거잖니. 너희들끼리 이야기하면서 오해가 조금 있었나 본데, 결혼이라는 게 그렇게 몇 년 살다 헤어지고 그러려고 하는 게 아니야. 그건 우리 사돈 어르신들이 이제 더 잘 가르쳐 주시겠지. 그렇죠, 사돈?"

"아이고, 당연하죠. 저희 애가 막내로 커서 조금 철이 없습니다. 사돈께서 너그럽게 이해해 주시니 마음이 참 좋습니다. 허허허!"

"아빠……."

연우는 더 튀어나오려는 말을 겨우 누르며 입을 다물었다.

"시집 와서 우리 집 가풍도 좀 익히고, 아이 낳고 키우면서 살림도 배우고, 그러다 보면 어영부영 5년 가는데 갱신제가 다 무슨 말이니. 그런 의미에서 집 이야기도 했고, 기왕이면 종신제로 해라, 이렇게 된 건데, 너희들이 정 결정이 어려우면 내가 도와주려고 왔어. 연우야, 너희들 결혼하면 아이 낳을 거지?"

"네……."

"그래. 그거면 됐어. 아이도 낳고 살 건데 혼인신고는 너희들 편할 대로 해. 요즘 젊은 애들 쿨하잖아. 집은 일단 들어가 살고 나중에 명의만 양도하면 되니까, 5년 후에 다시 생각하기로 하자. 그럼 너희들 문제없지?"

"어머니, 그런 게 아니고요……."

"아가, 지금 식장이며 신혼여행이며 이미 다 예약해 놓고 사람들에게 다 알려서 이거 취소하면 비용도 어마어마해. 너희들 이제 책임감 있게 행동해야 하는 어른이야. 내가 우리 막내에게는 잘 일러뒀으니 연우 너만 잘 결정하면 되는 일이야. 되도록 더 시간 낭비하지 말자꾸나."

"어머니."

답을 하려는 연우를 저지하며 연우의 아버지는 그럼 애들끼리 이야기하라고 하죠, 하며 안방으로 연우와 한석의 등을 떠밀었다. 거실에서는 연우 아버지의 허허 너털웃음과 한석 어머니의 가늘고 조곤조곤하고 끊어지지 않는 말이 계속해서 들려왔다. 한참 아무 말이 없던 한석이 입을 열었다.

"정말 이렇게 그냥 파혼할 거야?"

"내가 결혼을 하기 싫어서 그러는 게 아니잖아. 어른들이 해 주시는 집 같은 것에 휘둘리지 않고 우리 결정으로 하고 싶어. 너 오늘도 어머니한테 끌려오다시피 왔잖아. 결혼해서도 네가 어머니 뜻대로 온통 휘둘리는 거 보기 싫단 말이야."

"그러니까 나하고 결혼이 하기 싫은 건 아니지?"

"아니라고 했잖아."

"연우야, 그럼 우리 그만 싸우자. 내가 잘못했어. 네 말대로 갱신제로 결혼하자. 살아가면서 내가 잘할게. 나는 이대로 너랑 헤어지진 못하겠어."

연우는 다시 울음이 터졌다. 한석은 그런 연우를 안고 한참을 토닥였다. 울던 연우가 고개를 끄덕이며 응, 했다.

혼자이기를 택한
사람들

"박지안 씨 맞으시죠? 여기 성함 옆에 우선 사인하시고, 현재 주소지 및 주거 상황에 대해 업데이트할 사항이 있으면 기록해 주세요."

지안은 조심스레 배에 손을 얹고 다른 한 손은 종이 위에 올린 채로 수십 개는 되는 항목에 체크하기 시작했다. 센터에서는 매달 임신부 및 파트너들에게 임신, 출산, 육아와 관련된 교육을 제공하고, 임신부의 현재 신체적, 심리적 상황이나 경제적 상황에 대한 변동을 주기적으로 체크하고 있었다. 임신 5개월 차에 접어든 지안은 최근에야 조금씩 배가 불러 오는 것 같다고 느끼는 참이었다.

"센터에 입주하는 시기는 언제쯤으로 계획하고 계세요?"

"다른 분들은 보통 언제쯤 입주를 하나요?"

"보통 출산 예정일을 2주에서 한 달 정도 앞두고 입주해요. 출산휴가를 조금이라도 더 출산일 뒤쪽에 쓰는 걸 선호하시거든요. 교육에서 들으셨겠지만 신체적, 심리적으로 무리가 있을 경우와 수입이 기본소득에 훨씬 못 미치는 범위에 있을 경우 출산 시기와 상관없이 센터에 입주해서 생활하시는 것도 가능합니다. 지안 씨와 같이 1인 가구의 임신부가 출산을 하는 경우 더 밀접한 거리에서 모니터링을 하는 것도 필요하고요."

"그럼 저도 일단 출산 예정일 2주 전으로 예약해 두고 변동사항이 생기면 말씀드릴게요."

"네, 그렇게 기록해 둘게요."

지안은 결혼이나 남편은 필요하지 않았지만 자신을 닮은 아이는 꼭 갖고 싶다고 생각했던 사람이었다. 그런 지안에게 결혼 갱신제의 도입과 관련해 생겨난 새로운 복지 제도는 매우 적절한 것이었다. 임신부는 임신 기간 동안 국가에서 지정한 의료 기관에서 필요한 의료 지원을 받으며, 의료진의 검사와 진단을 통해 노동을 하기 어려운 상황일 경우 기본소득을 지원받을 수 있었다.

임신, 입양을 계획하거나 임신한 개인 및 생활동반자들은 주기적으로 높은 수준의 기본 교육을 이수해야 했는데, 이는 단순히 임신, 출산, 육아에 대한 정보를 제공하는 교육이 아니었다. 당사자 및 생활동반자의 심리 상담, 주변 가족에 대한 상담을 함께 지원함으로써 한 개인 및 가족이 새로운 구성원을 맞아들이는 것에 있어서 준비를 하고 함께 성장해 나갈 수 있는 틀을 마련해 나가는 데 의의를 두고 있었다.

여성 한 명이 임신을 결정할 경우, 임신 기간 동안 건강상의 이유로 노동을 할 수 없을 때 기본소득으로 생활을 하고, 출산한 여성은 1년까지 기본소득을 받으며 육아에 전념할 수 있었다. 해당 여성을 고용하고 있는 회사에도 경제적, 법적 지원이 이루어지고, 해당 인력이 출산 후 이른 복귀를 원할 경우에는 기본소득의 반을 급여 외로 지원하고 매월 검진과 상담을 의무화해서 회복을 돕도록 했다.

출산 후 1년에서부터 3년까지는 상황에 따라 기본소득을 차등 지원받을 수 있었고, 역시 취업이나 복직을 할 경우에 기본소득의 3분의 1을 급여 외로 지원했다. 또한 입양을 결정하는 경우에는 아이의 연령과 발달단계에 따라 가정 내 주 양육자가 기본소득의 일정 비율을 차등 지원받는 방식으로 지원이 이루어졌다.

1인 가구의 가장인 지안이 생계를 크게 걱정하지 않으면서도 홀로 아이를 가질 수 있게 국가가 돕겠다는 약속은 놀랍고 훌륭했다. 지안은 국립인구지원센터에 등록하여 열심히 교육과 상담을 받았고, 세세한 정보를 제공하는 정자은행을 통해 정자 제공자를 지정했다. 시험관 수정 및 시술에 이르기까지 수반되는 모든 비용도 역시 국가가 부담했다. 지안은 두 번째 시술에서 임신에 성공했고, 그 즉시 지안이 다니는 회사에는 임신부가 된 지안의 신체적, 심리적 보호를 위한 지침이 전달되었다.

이제 결혼 갱신제가 도입된 지 겨우 2년차의 시기였고, 지안의 주변을 포함한 모두가 아직 폭풍 같은 변화를 겪고 있는 중이었다. 결혼도 하지 않은 지안이 이러한 절차로 임신을 준비해 왔으며 이제 출산을 미리 준비하고자 한다는 내용이 전달되자 회사 측에서는 적잖이 당황했다. 하지만 대체인력의 선발 및 교육, 투입에 이르는 모든 비용을 국가가 보전하고 추가로 지원금까지 제공하니 회사 입장에서는 손해볼 일이 크게 없었다. 재생산본부의 전문 인력이 직접 파견을 나와 브리핑을 끝내고 나자 대표를 포함한 인사권자들은 아이들이 태어나는 일은 좋은 일이죠, 하며 큰 반발 없이 지안의 출산휴가계획을 승인했다.

"저쪽에서 본인 성함이 적힌 가방을 챙겨 가시면 됩니다. 복용하셔야 할 영양제 종류와 설명서, 다음 교육 안내 책자가 들어 있어요. 4월 교육에도 꼭 참석하셔야 하고, 참석이 어려우실 경우 다른 날짜를 지정해서 받으셔야 해요."

"네, 감사합니다."

배부 받은 영양제와 책자가 담긴 가방을 챙겨 들고 지안은 센터를 나섰다. 벌써 5개월 차라니 시간이 참 빨리 가는구나 싶었다.

"아빠, 엄마, 8월에 아마 손주가 생길 것 같아요."
"뭐라고?"
"저 임신했어요."

　지안의 부모는 처음 지안의 임신 소식을 들었을 때 놀라면서도 한편으로는 나이가 더 차기 전에 이렇게 결혼하는 것도 좋은 거라며 어떤 놈인지 데려오라고 했다. 지안은 어떤 과정으로 임신을 하게 되었는지의 절차에 대해 이야기했고, 집에서 쫓겨나는 데까지는 한 시간도 채 걸리지 않았다. 그렇게 쫓겨났던 날이 바로 지난 주였는데, 이번 주에는 엄마를 만나러 구치소에 가게 될 줄은 꿈에도 상상하지 못했다.

〈어머니 뵙고 갔어? 나 아까 외근 중이어서 얼굴도 못 봤네.〉

　승혁의 메시지가 도착했다. 어제 밤, 헤어진 지 일 년이 다 되어가는 그의 이름이 휴대폰 화면에 떴을 때, 지안은 그가 자신의 임신에 대해 어떻게 생각할지가 가장 궁금했었다. 둘은 오랜 친구였고, 오랜 연인이기도 했다. 결혼에 대한 생각이 없는 승혁과, 아이를 갖고 싶은 지안은 더 이상의 미래를 기약할 수 없어 결국 조용히 웃으며 이별했었다.

지안은 오랜 벗이자 연인이었던 그에게 오랜만에 얼굴이나 보자고 할까 싶었다. 그가 깜짝 놀랄 만한 신기하고 새로운 소식을 전해 줄 수 있겠구나 하는 마음이 앞섰다. 하지만 휴대폰 너머 그의 다급한 목소리는 지안의 어머니가 남편을 살해한 혐의로 체포되어 그가 일하는 관할서의 구치소에 있다는 놀라운 이야기를 전하고 있었다.

〈응. 아까 뵙고 왔어. 참담하다.〉
〈그렇겠다……. 밥은 먹었어?〉
〈아직. 이제 겨우 4시잖아.〉

지안은 일이나 스트레스 등으로 식사를 자주 거르곤 했다. 승혁에게는 그런 지안이 식사를 했는지가 언제나 첫 번째 관심사였다. 헤어진 지 제법 긴 시간이 지나고서도 여전히 그에게 지안은 밥을 걸렀을까 걱정되는 사람으로 남은 모양이었다.

〈요즘엔 잘 챙겨 먹고 있어. 그럴 이유가 있거든.〉
〈그나마 좋은 소식이네. 저녁 같이 먹을래? 어머니 건 관련해서 내가 도와줄 수 있는 게 있는지 이야기도 할 겸.〉

〈고마워. 그렇게 하자. 늘 보던 곳으로 6시 반까지 갈게.〉

〈응.〉

〈승혁아.〉

〈응?〉

〈나 보면 좀 많이 놀랄지도 몰라.〉

〈내가 너를 알고 지낸 세월이 얼만데 놀랄 일이 뭐가 있겠어. 그리고 너희 어머니 상황이 이런데 이 이상 놀랄 일도 없다.〉

〈그러네. 그건 그렇다. 어쨌든 이따 봐.〉

〈그래.〉

승혁은 휴대폰을 책상 위에 내려놓고 의자 등받이에 몸을 기댔다. 몇 년 사이 지역별로 인력이 예전보다 충원되긴 했지만 원래도 적은 인력으로 허덕대던 상황이었고, 가파르게 올라간 범죄율을 처리할 만큼 충분한 인원이 충원된 것은 아니어서 여전히 과중한 업무에 시달리고 있었다.

그는 지안이 많이 걱정스러웠다. 늘 다부지고 야무지게 살아가는 사람이었지만, 언제나 힘든 부분은 고집스러울 정도로 내색도 하지 않고 혼자서 해결하려고 드는 게 늘 안쓰러웠다. 그런 지안에게 이런 일이 생겼으니 마음고생이 말도 못하게 심할 테고 또 밥을 거르고 다니겠지 싶어 속이 상했다. 승혁은 휴대폰을 다시

집어 들고 지안의 사진을 찾아 물끄러미 바라보았다. 사진 속의
지안은 밝은 미소 그대로인데, 곧 만날 지안의 얼굴은 이렇지 않
겠지. 애써 씩씩한 척 할 그 얼굴이 눈에 선하게 그려져서 가슴이
답답해 왔다.

"승혁아. 나 이제 결혼도 하고 싶고, 아이도 갖고 싶어."

오랜 친구이자 연인이었던 지안이 승혁의 청혼을 더 이상 기다
리지 못하고 선언을 했던 날이 떠올랐다. 승혁은 결혼을 감히 생
각해 본 적이 없었다. 승혁의 어머니는 승혁의 형이 두고 가 버린
손주 두 명을 혼자 키워 내고 있었다. 젊은 나이에 남편과 사별하
고 혼자 승혁 형제를 키우느라 고생했던 어머니는, 나이 들어서는
아이들만 남겨놓고 잠적해 버린 큰아들을 기다리며 살았다. 평생
어머니의 고생을 보며 자란 승혁은 이제 노모와 조카들의 뒷바라
지를 걱정해야 했다. 그런 승혁에게 누군가와 함께 새로운 가정을
꾸린다는 것은 상상할 수 있는 일이 아니었다. 어린 시절부터 친
구였고 자연스레 연인이 되었던 지안이 어쩌면 그의 마음을 당연
히 알고 있을 것이라고 생각했던 스스로가 한심하게 느껴졌다.

승혁은 그때 지안을 붙잡지 못했다. 힘든 일이 있으면 혼자 감
내하곤 하는 지안의 성격을 잘 알아서, 자신의 어머니처럼 기꺼이

모든 짐을 짊어지고도 갈 사람이라는 것을 알아서, 그래서 지안을 이 고생스런 삶 속으로 데려오고 싶지 않았다. 아이를 갖고 싶어 하는 지안에게 자신의 조카들도 키워야 하는 삶에 동참하자고 할 수 없었다. 그냥 그렇게 승혁은, 자신은 평생 결혼을 할 생각이 없다고 못을 박았다. 그리고 지안은 쓸쓸하게 그를 떠났다.

다른 때보다도 유독 더 길게 느껴진 하루의 근무가 끝나고 승혁은 지안을 만나러 약속 장소로 나갔다. 늘 만나던 그곳에서, 늘 앉던 자리에 앉은 지안의 뒷모습이 보였다. 시간이 지났어도 오랫동안 만나 온 그 뒷모습을 승혁은 알아볼 수 있었다.

"잘 지냈어?"

맞은편 의자에 앉으며 승혁이 인사를 건넸다. 지안은 어머니의 일로 낯빛이 어두웠지만, 마지막으로 만났을 때보다 건강한 것 같아 보여 마음이 놓였다. 지안이 환하게 웃었다.

"응. 잘 있었어? 정말 오랜만이네."
"그러게. 우리 주문부터 하자. 배고프겠다."

주문한 메뉴가 준비되는 동안 둘은 그간의 안부를 나눴다. 승혁의 어머니가 교통사고로 병원에 몇 주간 입원을 했었고, 다행히 나라에서 운영하는 국가돌봄기관을 통해 조카들이 돌봄을 받았다는 이야기를 들으며 지안은 걱정 어린 얼굴과 안도의 한숨으로 끄덕끄덕 승혁의 이야기에 귀를 기울였다.

"그래서 지금은 괜찮으셔? 후유증은 없으시고?"

"좀 불편해하시긴 하는 것 같은데 그래도 그때부터 돌봄센터에서 도움을 쭉 받고 있어서 병원도 챙겨 다니시고 마음이 훨씬 편하신가 봐. 그나저나 너야말로 갑작스레 어머니 일이 이렇게 터져서 네가 많이 놀랐겠다."

"응. 지난주에 집에 갔을 때만 해도 이런 일이 생길 거라고는 상상도 못했는데……. 정말 실감도 안 나고 이해도 되지 않고 그래. 엄마는 아무 말도 안 하시고 그저 돌아가라고만……. 결국 아무것도 들은 게 없이 나왔어."

"어머니 진술대로라면 두 분이 대화하던 중에 너무 화가 나서 우발적으로 그런 일을 저지르셨다고 하던데, 혹시 평소에 느낀 특이점은 없었어?"

"아니. 너도 오랫동안 우리 엄마를 봐 왔잖아. 엄마가 그러실 분이라고 너는 상상할 수 있어?"

"그러게……. 나도 도저히 상상이 되질 않는다."

승혁은 앞으로의 법적 절차가 어떻게 진행될지에 대한 대략적인 이야기를 해 주었다. 본인이 바로 자수를 했고 전과가 없는 부분 등이 도움이 되겠지만 최소 5년 이상의 징역형이 선고될 수 있다는 이야기를 들으며 지안은 머리가 지끈거렸다. 우리와 있을 때 그저 행복한 얼굴이었던 엄마가 징역형이라니. 아직도 그저 나쁜 꿈을 꾸고 있는 것만 같았다.

　"지안아, 괜찮아? 집에 가서 좀 쉬는 게 좋을 것 같아. 데려다줄게, 나가자."
　"그래……. 그래야겠어. 고마워."

　집으로 향하는 차 안에서 앞좌석 시트를 뒤로 살짝 눕혀 앉은 채로 지안은 창밖만 멍하니 바라보았다. 승혁은 그런 지안이 많이 걱정되었지만, 상황을 아는지라 굳이 여러 이야기를 건네지 않고 그저 가는 동안 지안이 눈이라도 좀 붙이며 쉬길 바랐다. 그러다 문득, 지안이 이동하는 내내 배에 손을 얹은 모양이 걱정되어 혹시 배가 아픈지를 물었다.

　아, 하더니 지안이 시트를 다시 세워 앉았다.

　"승혁아. 나 지금 임신 중이야."

순간 당황한 승혁은 하마터면 앞차를 받을 뻔했다. 겨우겨우 놀란 가슴을 진정시키며 인도 가까이에 차를 댔다.

"그새 결혼했어? 왜 아무 소식이 없었어?"
"그런 거 아니야."

　상황을 이해하지 못하는 승혁에게 임신과 관련된 그간의 이야기를 들려주자 승혁의 눈은 더더욱 경악에 가까운 놀라움으로 커졌다.

"많이 놀랐지. 사람들이 다 그렇게 놀라더라고. 지난주에는 엄마 아빠한테 이야기했는데 바로 집에서 쫓겨났어. 혹시 우리 엄마 이런 일 벌이신 거, 나 때문에 두 분이 다투다 그러신 것은 아닐까? 너무 자괴감이 들어."
"그런 건 아닐 거야. 이미 벌어진 일이고 앞으로 어떻게 형량을 줄일 수 있을지 방법을 찾는 게 중요하니까 그런 생각으로 괴로워하지는 말자. 그나저나 너 정말 괜찮겠어? 혼자 아이를 낳아서 키우는 게 얼마나 힘든 일인데 왜 그런 일을 덜컥 저지른 거야?"

　지안이 지친 얼굴로 희미하게 웃었다.

"미안한데 지금 더 길게 이야기하기가 너무 힘들어."

겨우 웃고 있는 지안에게 승혁은 더 묻지 못했다. 차가 지안의 집 앞에 도착했다.

"어머니 관련해서 생기는 소식 있으면 그때그때 연락해 줄게. 홑몸도 아닌데 몸 잘 챙기고. 너도 무슨 일 있으면 연락해. 꼭."
"도와줘서 고마워. 연락할게."

지안이 집 안으로 들어가는 것까지 확인하고서 승혁은 다시 시동을 걸었다. 창문 너머로 승혁의 차가 골목을 빠져나가는 것을 보며 지안은 한숨을 내쉬었다.

내 아이를 낳고 가정을 만들고 싶었어. 그리고 그곳에 함께할 내 짝은 늘 내 곁에 있었던 너라고 생각했어. 그런데 너는 아니라며. 이유가 그 때문인 걸 정말 몰라서 묻는 거였니.

지안은 쓸쓸히 몸을 돌려 주방으로 향했다. 아까 센터에서 받아 온 영양제 등을 챙겨 먹어야 했다. 자연스레 배에 올라가 있는 손을 위아래로 조심스레 쓸며 이 착잡하고 슬픈 기분이 행여 아이에게 전해지지 않길 바랐다. 앞으로도 헤쳐가야 할 일들이 많을테니 마음을 단단히 먹자, 하고 지안은 영양제를 삼켰다.

곁을 내준 이들

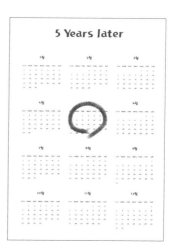

경수는 아내가 왜 자신을 떠나지 않는지 이해할 수 없었다. 뭔가 다른 꿍꿍이가 있지 않고서야 이 사람이 내 곁에 있을 이유가 뭔가. 자신에게 재산이 있는 것도 아니고, 자식들도 다 커서 자신에게 치를 떨며 독립해 나갔다. 엄마에게 자기들 걱정하지 말고 꼭 아빠와 이혼하라며 자식들은 떠났다.

결혼 갱신제가 도입되고 기혼자들에게 주어진 6개월의 유예기간을 반도 지나기 전에, 경수는 갱신제로 변경하는 신청서를 작성해서 순남에게 내밀었다. 언제든 떠나라는 뜻이었다. 순남은 그 신청서를 한 번 읽고서 아무 말 없이 본인에 해당하는 부분을 작성하고 사인했다.

결혼 기간이 이미 5년을 경과한 부부는 갱신제를 선택하고 나면 접수 후 2년 이내에 첫 갱신 여부를 결정할 수 있었다. 제도 도입 초기에 예상되는 대란의 충격을 최소화해보려는 장치였다. 많은 부부들이 종신제와 갱신제를 택하는 유예기간 중에 갈등을 일으키고 갱신제를 택한 후 바로 갱신을 택하지 않는 방식으로 결혼생활을 종료했다. 경수는 자신도 그런 경우가 될 것이라고 생각했다. 갱신제를 택했고, 순남이 동의했으며, 갱신을 결정할 수 있는 기한인 2년이 지난 지 2개월이 지났다. 그러나 순남은 여전히 그의 곁에 있었다. 그들은 법적으로 이제 부부가 아니었다. 그런데 그들은 여전히 같이 있었다.

순남은 한참 냉이를 다듬고 있었다. 한창 제철인 냉이 향이 제법 좋았다. 돌나물을 씻어 초고추장과 함께 놓고 구수한 냉이된장국까지 한 그릇 먹으면 요즘 더 기운이 없어 보이는 남편의 입맛이 좀 돌아오겠지 생각했다. 식사를 준비하고 기척을 내자 휠체어를 탄 경수가 방에서 나왔다.

"좀 먹어 봐요. 요즘 입맛이 통 없다면서요."

두 사람은 조용히 식사를 했다. 돌나물이 아삭하니 기분 좋게 씹혔다. 얼큰한 국물이 따뜻하고 정갈하게 갓 지은 밥과 어우러졌다. 헛헛하고 얹힌 듯 답답했던 속이 천천히 편해지는 기분을 느끼자 경수는 괜시리 코끝이 시큰했다.

"아이고? 왜 밥 먹으면서 눈은 촉촉해져 있어요?"
"촉촉은 무슨, 아직 잠이 덜 깨서 그런 거지."
"이제 당신도 늙긴 확실히 늙었나 보네. 쓸데없이 눈물도 찔끔찔끔 흘려 대고."
"밥이나 계속 먹지. 냉잇국을 제법 괜찮게 했네."
"내가 음식 솜씨 하나는 항상 괜찮았지."

순남은 기분이 좋은지 흐흐호호 웃음이 가득해졌다. 심드렁한 척 무뚝뚝하게 수저를 놀리고 있었지만 경수도 덩달아 기분이 좋아졌다.

"그래서, 내일부터 어디에 간다고 했지?"
"그 왜, 새로 생긴 건물 있잖아요. 이름이 길었는데. 국립인구지원센터 강서본부?"
"알지. 그런데 당신이 가면 거기서 무슨 일을 해?"
"밥. 국도 하고, 반찬도 하고."

경수는 뜨던 숟가락을 내려놓았다. 평생 모은 재산은 딱히 없었

어도 아내가 식당 일을 하며 고생하게 둘 정도로 살지는 않았다고
생각했다. 속이 쓰렸다.

"퇴직금도 아직 남아 있고, 적지만 연금도 나올 텐데 당신이 식
당 일을 해야 할 정도로 우리 형편이 안 좋은가?"

"그게 아니에요. 그냥 식당 일이 아니야. 돈도 그보다 훨씬 많이
주고."

"그게 식당 일이 아니면 뭐라고. 하지 마. 내가 뭐라도 할 테니
까."

"하이고, 말도 안 되는 소리 하지 말고, 당신은 다리 나을 동안
좀 쉬어요. 이참에 좀 쉬어야지, 평생 일만 한 양반이."

"여튼 그거 나가지 마. 고생스러우니까."

언짢아진 경수에게 순남은 두부조림을 덜어 밥에 얹어 주며 말
을 이었다.

"내 이야기 좀 들어 봐요. 당신은 뉴스도 안 보는가? 이 센터를
전국 곳곳에 만들었잖아요. 애 뺐거나 낳은 엄마들 밥도 먹이고,
애들 밥도 먹이고 하는 일이거든."

"그게 식당 일이 아니면 뭐야."

"영양사 교육도 시켜 주고, 자격증도 준대요. 월급도 그냥 식당

보다 훨씬 많이 주고. 센터 안에 의사, 간호사 선생들도 항상 있어서 건강도 늘 챙겨 주고, 나중에 퇴직금도 준대."

"그런 직장이 있다고? 그것도 우리 나이에?"

"우리 나이가 어때서요. 일하기 딱 좋은 나이지. 당신도 집에 있기 영 답답하면 여기 일자리 알아봐요. 내가 센터에서 책자 받아 온 게 있어. 밥 먹고 보여 줄게요."

"다리가 이 모양인데 일자리는 무슨! 약 올리는 것도 아니고."

경수는 퇴직을 몇 개월 앞두고 공장 라인 가동 중에 사고를 당했다. 한 회사에서만 생산직으로 수십 년을 지내 온 그는 퇴직 후 어떻게 살아가야 할지 막막해하던 참이었다. 다리를 크게 다쳐 반년 이상의 회복 기간을 요하는 상황이었고, 결국 예정보다 조금 이른 퇴직을 하게 되었다. 무사히 수술을 마쳤지만 완전한 회복은 불가능했다. 아마도 남은 평생을 휠체어에 의지하며 살게 될 것이라고 했다.

그에게는 지금의 모든 상황이 막막하고 답답했다. 일도 끝났고, 다리도 끝났고, 이제 아내도 언제든 보내 주겠다며 갱신제 신청을 했으니 결혼도 끝났고, 자식들도 떠나 버렸고, 이제 그의 인생에는 내리막만 남은 것 같았다. 그나마 산재로 인한 보험금을 조금 받을 수는 있었지만, 보험금보다는 온전한 다리가 있어야 무슨 일자리든 구해볼 수라도 있을 것 같았다. 이제 겨우 환갑을 넘긴 자신이 살아가야 할 남은 날이 너무도 긴 것 같은데, 어디서부터 다시 시작을 해야 할지 가늠도 되지 않았다.

식사를 마치고 나자 순남이 후다닥 방에 들어가 큰 책자를 가지고 나왔다. 큼직큼직한 글자로 〈국가돌봄시스템 참여 교육 및 연수 프로그램 - 큰 글자 책〉이라고 쓰여 있는 책자는 본문의 글자들도 보통의 홍보물에 사용된 것보다 커서 읽기에 부담이 없었다. 돋보기를 사용하려다 살짝 머쓱해진 경수는 늙었다고 무시하는 거야 뭐야, 하며 툴툴대긴 했지만 한편으로는 이런 홍보물을 별도로 제작한 사람들이 내심 고마웠다.

'당신이 노동에 들이는 시간과 정성은 그 가치를 존중받아야 합니다. 아이, 어른, 장애인과 비장애인에 이르기까지 다양한 형태의 가족 구성원을 위한 모든 돌봄이 이제 정당한 노동으로 인정받습니다. 국가돌봄시스템에 참여하여 당신의 경력을 만들고 이어가십시오.'

순남이 이야기한 대로 국립인구지원센터에서는 가사 노동과 육아, 다양한 연령대의 대상에 대한 교육 보조, 돌봄노동과 관련한 각종 제반 시설의 설계와 건설, 현장에서의 활용 지원 등 다양한 방면에 걸쳐 인력을 모집하고 교육하여 실제 노동 현장에 투입하고 있었다. 상담 센터에서는 연수 희망자에 대해 면밀히 분석한 후 당사자의 의사와 경력에 따라 적절한 분야로 배치하고 있었다. 순남은 평생 전업주부로 살아왔고 그 외의 경력을 개발할 의사를 갖고 있지 않았다. 본인이 잘할 수 있다고 생각하는 식품 조리나 영아 보육 분야로 경력을 만들고 싶어 했고 그와 관련된 교육을 받게 되었다고 했다.

1단계 교육 기간 동안은 실제 노동 현장에서 필요한 이론과 실습 교육을 의무적으로 이수해야 했다. 이 기간 중 몇 가지 서류를 작성하여 제출하면 재생산본부에서 개발한 경력 산정 프로그램을 통해 세금 납부 내역, 소비 내역 등에 대한 분석이 더해져 희망하는 분야에서의 실제 경력을 일부 산정받을 수 있었다. 1단계 교육 기간 동안의 개인 연수 점수를 바탕으로 2단계 교육에서는 부족하거나 추가로 획득하고자 하는 수업을 이수할 수 있었다. 3단계 교육에서는 현장으로의 실습 투입과 보충 교육이 반복되었다. 3단계를 수료하고 나면 관련 자격증이 발급되고 현장으로의 취업으로 이어졌다.

순남처럼 전업주부로 살아온 사람의 경우 경력 산정 프로그램의 분석에 따라 최소 5년부터 최대 10년까지도 경력을 인정받을 수 있다고 했다. 경력을 인정받는다고 해서 그에 맞는 직급에 바로 투입이 되는 것은 아니고 급여에 일정 부분 반영이 되며 필요한 연수를 거쳐 해당 직급까지도 올라갈 수 있다고 했다. 그런 내용들을 읽고 있다가 경수는 세상이 참 많이 달라졌구나 하는 생각에 눈을 비볐다.

"나도 내일 그 센터인가에 가 봤으면 하는데, 좀 데려다 줄 테요?"

순남이 환히 웃으며 그래요, 했다.

*

영숙은 예전에 자신이 일했던 요양원에 잠시 들러 원장과 이야기를 나누고 돌아가는 길이었다. 갑작스레 어린 손주들을 키우느라 2년 가까이 일을 하지 못했는데, 빈자리가 났다고 와 보겠냐는 연락에 부랴부랴 요양원에 들렀다. 겨울에 당한 교통사고 후유증이 아직 있는 것 같긴 했지만, 치료도 꾸준히 받고 있고 이번에 난자리는 다음 달 말부터 출근하면 된다고 하니 충분할 것 같았다.

올해 초등학교에 입학한 쌍둥이 손자들은 다행히 학교 내 돌봄교실에서 저녁까지 먹여 주고, 돌봄센터에서 아이들의 등하원과 교육상담까지 도맡아 주고 있어서 영숙도, 어린 손자들도 바뀐 일상에 수월하게 적응할 수 있었다.

　교통사고를 당하기 전까지는 이름만 들었을 뿐 어떤 도움을 받을 수 있는지를 딱히 알지 못했다. 입원 수속을 밟았던 오후, 국립인구지원센터에서 나왔다는 직원 한 명이 영숙의 병실로 찾아왔다. 환자의 가족 중 돌봄이 필요한 사람이 있다는 자료가 병원을 통해 국립인구지원센터로 전달되면 직원이 파견되어 상황을 확인하고 그에 맞는 지원을 해 주고 있다고 했다. 영숙이 입원하는 동안 전담 돌봄직원이 가정으로 방문하여 아이들의 어린이집 등하원과 식사 지원 등을 도와줄 수 있다고 했다. 돌봄 노동이 가능한 다른 성인 가족이 없다면 아이들이 임시로 돌봄센터에 입주할 수도 있지만, 바빠도 아이들의 삼촌이 동거하고 있는 관계로 돌봄직원이 파견을 나오는 형태의 지원을 받게 되었다. 동시에 승혁의 직장에도 협조 공문이 발송되어 아이들의 돌봄을 위해 공동 양육자의 근무 시간과 난이도를 조정하라는 권고사항이 전달되었다.

　영숙은 세상이 이렇게 바뀐 줄을 몰라서 황송한 기분까지 들었다. 손주들을 어떻게 하나, 어디에 맡겨야 하나, 밤낮 가리지 않고 불려 나갈 때가 많은 직업을 가진 아들이 조카들을 잘 돌볼 수 없을 텐데 싶어 교통사고를 당한 순간 수만 가지 걱정들에 눈앞이 캄캄했었다. 그런데 입원 수속을 밟고 난 이후 받기 시작한 지원들은 이전에는 차마 상상도 하지 못한 것들이라 매번 놀라웠다. 승혁은 휴가 권고를 받고 돌봄센터로 불려 가서 양육자로서 아이들의 기본 육아에 대한 상식이 있는지 점검을 받고 아이들의 영양과 위생, 발달과 심리적 안정을 위한 기본 교육을 급히 받아야 했다. 주 양육자와 공동 양육자 모두 사전에 교육을 이수하지 않은 것에 대한 과태료도 일정 부분 물어야 했지만 여러 가지 사정이 참작되어 일부 감면되었다.

그렇게 얼떨떨하고 한편 감사한 마음으로 입원 치료를 무사히 마친 영숙은 이제 돌봄센터에서 교육도 받으면서 손주들을 위한 돌봄 지원도 적극 활용할 수 있는 수준이 되어 있었다. 몸과 마음에 조금 여유가 생기니 다시 일을 할 수 있겠다는 생각이 들었던 차에, 예전에 다니던 요양원에서 자리가 났다며 연락이 온 것이었다. 재생산본부가 생기고 나서 다양한 분야의 인력 확충이 급진적으로 이루어졌지만, 늘어난 의료진이나 사회복지 인력, 돌봄 인력 등이 국가돌봄시스템에 주로 활용되어 요양원에서 채용할 경력직을 구하기가 쉽지 않다고 했다.

"영숙 씨가 저희 요양원에서 오래 일해 주셨었는데, 안 계신 동안 사람이 여럿 바뀌었어요. 상황이 좀 나아지셨으면 다시 근무하실 수 있을까요? 여기를 잘 알고 또 오래 근무하실 분과 일하는 게 저희도 좋아서요."

영숙은 아이고 감사합니다, 하며 근로계약서에 사인을 하고 나왔다. 큰아들은 잠적했지, 나이 들어 생각도 못했던 육아를 2년 가까이 하면서 몸도 마음도 더 늙고 위축되는 기분이었는데, 여전히 나를 신뢰하고 써 주는 곳이 있구나 하는 생각에 다시금 젊어진 것 같은 느낌이 다 들었다. 다시 월급을 받게 되면 손주들 앞으로 통장도 만들어 둬야겠다 싶었다. 마침 오늘은 손주들이 일찍 귀가하는 날이었다. 간만에 아이들이 좋아하는 맛있는 저녁을 해줘야겠다고 생각하며 흥얼흥얼 영숙의 발걸음이 시장으로 향했다.

*

엄마를 위해 뭐라도 챙길 것이 있을까 싶어 지안은 부모가 살던 집에 들렀다. 거실은 이제 깨끗하게 정돈이 되었지만 그곳은 이미 상상도 하고 싶지 않은 일이 일어났던 범죄 현장이었다. 동생들과 의논해서 이 집부터 정리를 해야겠구나 싶었다. 어영부영 급히 아빠의 상을 조용히 치렀고, 계속 묵묵부답으로 면회를 거부하는 엄마로 인해 지안도 어찌 된 영문인지 정리가 되지 않는 상태로 그렇게 시간이 지나가고 있었다.

엄마가 서재로 쓰던 방은 언제나처럼 정돈이 잘 되어 있었다. 아빠가 더위를 많이 타서 같이 자기 힘들다며 엄마는 서재에서 책을 읽다 자곤 했었다. 늦은 시간까지 서재의 불이 꺼지지 않는 날도 많았다. 지안이 고3 수험생이던 시절, 독서실에서 새벽에 돌아올 때 엄마는 늘 깨어 있었다. 귀가한 지안에게 간단히 요깃거리를 챙겨 주고, 지안이 씻고 눈을 붙일 때까지 엄마는 잠들지 않고 기다리곤 했다. 그러고 보면 엄마는 언제 잠을 자는 건지 알 수 없을 때가 많았다. 자신이 깨어 있는 동안 엄마는 늘 깨어 있었던 것 같다고 지안은 생각했다.

지는 햇살이 서재의 창가에 내려와 있었다. 지안은 환기를 좀 시켜야겠다 싶어 커튼을 걷고 창문을 열었다. 긴 커튼이 젖혀지면서 책상 위에 놓여 있던 몇 권의 책을 쳐서 떨어뜨렸다. 배를 조심히 감싸며 지안은 허리를 숙여 책들을 주워 올렸다.

떨어진 책들은 엄마의 가계부였다. 그날 그날 어떤 것들을 사고 무슨 요리를 했는지, 자신을 포함한 엄마의 자식들에게 어떤 일정이 지나갔는지가 빼곡하게 기록되어 있었다. 책장을 살펴보니 하루도 거르지 않고 쓴 것 같은 일기장 같은 그런 가계부들이 더 있었다. 가계부를 제작한 곳도 다르고 표지도 모양도 조금씩 달랐지만, 그 가계부들에 매년 깨알같이 기록된 엄마의 일상은 온통 살림과 자식들에 대한 내용으로 가득 차 있었다. 엄마는 우리가 있어서 늘 행복하다고 했었는데, 아빠에게 왜 그랬을까. 아빠도 좋은 아빠였는데, 도대체 두 사람에게는 무슨 일이 있었던 걸까.

지안은 책상에 자리를 잡고 앉아 엄마의 가계부를 처음부터 한 권씩 천천히 읽어가기 시작했다. 읽다 보니 중간중간 아빠의 이야기들도 있었다. 두 사람은 분명 사랑을 했었던 것 같았다. 사랑이 담겨 있던 내용들이 어느 순간부터 혼란과 슬픔, 분노로 바뀌었다. '오늘은 뺨을 맞았다'로 시작하는 기록에는 엄마가 어떻게 상처를 가리고 태연한 하루를 보냈는지가 담겨 있었다. 그렇게 맞았던 다음 날일수록 엄마는 자식들에게 더 밝고 환한 모습을 보여주려고 노력했다고 했다. 더 맛있는 음식을 만들어 주고, 공원에 데려가고, 그래서 아빠와 있는 시간을 피하고, 자식들에게는 멍든 모습이 덜 드러나도록 했다.

아빠가 다른 여자를 만나고 온 날들에도, 엄마는 자식들과 더 많은 시간을 보내고 사랑을 쏟는 것으로 고통을 잊으려 했다. 수십 권의 가계부 속 엄마는 여태 아무에게도 한 적 없는 이야기들을 쏟아내고 있었다. 지안은 가계부 곳곳에 악착같이 남겨진 엄마와 아빠의 기록들을 보며 고통스러웠다. 아무것도 믿어지지 않았지만, 엄마와의 추억들이 기억나면서 머릿속에서 재구성되었다.

"엄마, 뺨이 이상해."
"괜찮아. 엄마가 어제 부엌에서 미끄러지면서 부딪혔어."

자신의 볼로 뻗는 어린 지안의 손을 밀어내던 엄마의 얼굴이 떠올랐다. 공원에 자신들을 풀어놓고 모자와 스카프로 온통 얼굴을 가리고선 마냥 바라보고 있던 엄마의 얼굴도 기억났다. 종종 안방에서 큰소리가 나서 달려가 보면 엄마가 바닥에 엎드려 몸을 숙이고 있었다.

"아빠가 또 컵을 떨어뜨렸어. 다치니까 엄마가 치울 동안 들어오지 마."

아빠가 그렇게 말하며 자신을 방 안으로 들어오지 못하게 했던 기억이 났다. 그러고 보면 아빠는 방 안에서 이상할 정도로 자주 컵을 깨뜨렸다. 거울이 깨진 날도 있었던 것 같다.

엄마는 늘, 지안이가 있어서 엄마는 행복해, 라고 말했다. 입버릇처럼. 지금 생각해 보면 마치 주문을 외듯이 자신과 동생들이 있어서 엄마는 행복하다고 이야기하곤 했다. 그런 엄마가 좋아서 자신도 아이를 갖고 싶었다. 엄마처럼 행복하게 아이를 키우고 싶었다.

왜 여태 몰랐을까. 생각해 보면 알 수 있었던 일들을 왜 여태껏 몰랐을까. 엄마 아빠와 내가 여태 맺어 온 관계는 뭘까. 엄마는 그렇게 아팠으면서 왜 내가 알 수 있는 기회도 주지 않았을까. 지안은 참담한 배신감을 느꼈다. 엄마를 고통스럽게 한 아빠가 천연덕스럽게 자식들을 사랑하는 모습으로만 행동했던 것도, 그렇게 고통스러웠으면서 이렇게 철저히 숨기며 혼자 곪아 들어간 엄마에게도 화가 났다. 무엇보다도 가장 가까이에서 많은 이야기를 주고받았던 스스로가 엄마의 고통에 대해 아무것도 모르고 평생을 살았다는 것이 너무 화가 났고 용서할 수가 없었다. 지안은 빈 상자를 찾아 주섬주섬 가계부들을 챙겨 담았다. 그리고 박스 테이프로 꼼꼼히 포장했다. 어느새 새벽이 밝아 오고 있었다.

아이들

"자. 여기까지 생물학적으로 크게 여성과 남성으로 분류되는 인간의 신체가 어떻게 작동해서 아이가 생겨나고 출생까지 이어지는 지를 설명했어요. 다음 시간에는 일반적으로 임신-출산-육아의 여러 단계에 걸쳐서 당사자들의 주변 상황과 관계가 어떻게 변화되는지 사례들을 중심으로 살펴볼 거예요. 지금 나누어 준 질문지에 대한 자료 조사들을 미리 해서 그룹 토의를 준비하세요."

한창 춘곤증이 몰려오는 오후였다. 2년 전부터 〈성과 사회〉라는 과목이 신설되어 정규 교육 과정에 편성되었다. 일주일에 한 시간씩 이루어지는 이 수업은 재생산본부에서 전문 강사 과정을 거친 강사들과 연수를 받은 교사들이 팀을 이루어 진행했다.

단순히 섹스와 임신 등의 과정에서 이루어지는 신체적인 변화와 피임 방법에 대해서만 가르치는 것이 아니라 사람의 생애 주기에 걸친 인체의 변화 및 인간관계의 변화 등에 대해 배우고 그와 관련된 다양한 주제에 대해 토의하도록 구성되었다.

또한 토의를 통해 학생들이 내놓은 아이디어 중 합리적이고 기발한 내용들은 강사들을 통해 재생산본부로 취합하고 정책에 반영될 수 있게 했으며, 학생들이 그 절차와 과정을 다양한 매체를 통해 확인할 수 있어 참여도도 높았다.

이 과목은 난이도 및 수업 방식을 조정하여 초중고 정규 과정 및 대학교, 대학원 등 전 교육기관에서 의무적으로 이수해야 하는 과목으로 편성되었으며, 학교 밖 청소년 및 일반 성인들을 위해 각 지역의 국립인구지원센터에서 강의를 상시 진행했다. 신체적, 환경적 요인으로 강의에 참석할 수 없는 경우 강사가 직접 파견되어 강의를 진행했으며, 대부분의 국민이 참여할 수 있도록 기획되고 운영되었다.

혜나는 새파란 도화지 위에 새하얀 구름을 뭉텅뭉텅 뜯어 한 덩어리씩 던져 놓은 것 같은 맑은 하늘을 바라보느라 선생님이 하시는 이야기가 귀에 들어오지 않았다. 나른하고 속도 울렁거려서 양호실에 가서 눕고 싶다는 생각만 가득했다. 손등에 턱을 올려놓고 무거운 머리를 겨우 받치고 있는데 혜나가 좋아하는 목소리가 들려왔다.

"선생님, 재생산본부에서는 기본적으로 아이들의 출생률을 높이는 것에 집중하고 있잖아요? 그런데 왜 이 과목에서는 임신 중단에 대해 설명하고 권하기까지 하는지 알고 싶어요. 어떻게든 낳게 하는 것이 재생산본부의 목표가 아닌가요?"

민지의 질문에 선생님은 환한 미소를 지었다. 아이들은 조용히 술렁대며 선생님의 입에서 어떤 답이 나올지를 기다렸다.

"맞아요. 재생산본부의 설립 목표는 출생률을 높이는 것이 맞습니다. 출생률을 높이겠다고 몇 년 전 어느 국회의원은 해외에서 여성들을 '수입'해 와야 한다는 발언을 하기도 했고, 같은 맥락으로 임신 중단 시술이 아예 불법이었던 시절도 불과 몇 년 전까지였어요."

사람에게 붙은 '수입'이라는 단어에 아이들은 조용히, 혹은 짜증스런 소리를 내며 불쾌함을 드러냈다. 일부 남학생들은 큭큭대다가 옆자리의 친구에게 제지당하거나 날선 눈빛에 입을 다물었다.

"재생산본부의 운영 목표는 임신 주체가 가능한 한 주체적으로 임신과 출산, 육아에 대한 선택을 할 수 있게 돕고 그런 환경이 갖추어질 수 있도록 하는 것에 있어요. 국가가 단순한 보조금 정도의 지원을 하는 것으로는 모체의 임신과 출산 이후의 회복에 완전한 도움이 되지 않습니다. 아이를 건강하게 낳아 기르는 것 자체가 안심이 되는 환경을 만드는 것이 재생산본부의 과제예요. 그런 환경은 어떤 것인지 민지 학생의 생각을 이야기해보겠어요?"

"산모나 아기의 건강을 위한 지원이나 교육이 아닐까요?"

"그런 환경에는 산모나 신생아에 대한 지원뿐 아니라 아기가 커가는 과정에서 필요한 보육, 교육, 돌봄이 포함되고, 나아가서는 전반적인 치안과 노인 인구에 대한 복지까지 모든 영역에서의 문제를 해결하는 게 필요하죠. 임신 주체가 원하지 않는 임신과 출산을 강제하는 것은 결과적으로는 그런 환경을 조성하는 데 도움이 되지 않아요. 민지 학생, 답이 되었을까요?"

"네. 그런 것 같아요. 감사합니다."

수업이 끝나는 종이 울리자 민지는 선생님의 뒤를 쫓아 교무실로 향했다. 혜나는 양호실 쪽으로 가면서 민지와 선생님이 이야기를 나누는 것을 보았다. 무슨 이야기를 나눈 건지 궁금했지만 나중에 물어봐야지 하며 혜나는 양호실 침대에 누워 까무룩 잠이 들었다.

"혜나야, 일어나. 가자."

"응……? 내가 얼마나 잔 거야?"

"수업 다 끝났어. 담임 선생님한테는 너 많이 아프다고 내가 말씀드리고 왔어. 짐도 다 챙겨 왔으니까 집에 가자."

"알았어. 고마워. 나 너무 졸려."

혜나보다 키가 한 뼘은 더 큰 민지가 혜나의 가방을 한 손에 들고 다른 손으로는 혜나를 이끌고 학교를 나섰다.

"왜 이렇게 서둘러. 일찍 나왔는데 우리 떡볶이라도 먹으러 가면 안 돼?"

"안 돼. 가볼 데가 있으니까 부지런히 가자."

"어디 가는데?"

민지가 향한 곳은 이 지역 국립인구지원센터였다. 민지가 센터 입구의 직원에게 어떤 서류를 보여 주자 직원이 잠시 대기실에서 기다리라며 둘을 안내했다.

"민지야, 우리 왜 여기 와 있어?"

"너 진찰 좀 받게 하려고."

"나? 왜?"

"멍청아, 너 요즘 계속 몸 이상하잖아. 나한테 별 이야기도 안 하고."

"민지야……."

"정확히 알아야 다음을 계획할 수 있으니까 진찰부터 받자."

"이미 아는데 뭘 더 알아야 해……."

동그랗고 인상이 좋은 직원 하나가 나타나 2층의 산부인과 진료실로 둘을 데려갔다. 혜나는 민지의 성격을 충분히 알아서 딱히 거부하지 않고 따라갔다.

"크기로 봐서는 지금 10주 정도로 보이네요. 식사나 수면에 이상은 없나요?"

"속이 계속 울렁거리고 잠도 자꾸 쏟아져요."

"보통 입덧은 14주 이내에는 다 끝나는데 사람에 따라서는 임신 기간 내내 지속되는 경우도 있어요. 참고하세요. 정은희 선생님 이야기로는 지금 고2 학생이라고 들었는데, 임신을 중단할 계획을 가지고 있나요?"

"제가 선택을 할 수가 있어요?"

"아직 미성년자여서 임신 중단이나 유지 모두 보호자의 동의가 필요해요. 그리고 당사자와 가족 모두 교육과 심리 상담을 진행하게 되어 있어요. 지원센터에서 전문 인력이 안내 및 보호를 위해 집으로 동행할 예정이에요. 제일 중요한 건 당사자의 결정이에요."

진료실 맞은편의 상담실에서 바로 긴급 상담이 시작되었다. 혜나가 민지와 동행하기를 원해서 진료 및 상담 내내 민지는 혜나의 곁을 지켰다. 상담 선생님은 혜나의 임신 과정이 자의적이었는지, 그리고 앞으로의 계획은 어떤지에 대해 조심스럽게 이야기를 나누었다.

"아직 아무것도 결정하지 못했어요. 시간을 더 갖고 결정해도 되나요?"

"시간이 지날수록 몸이 더 힘들어질 거예요. 지금 10주니까 가능하면 2주 이내에는 결정을 하고 중단이나 유지를 결정하는 것이 본인을 위해 좋아요. 어느 쪽을 택하든 지원센터에서 지원하게 됩니다. 그러니 결정을 하거나 상담이 더 필요하면 언제든 전화하고 찾아오세요."

센터를 나와 집 근처의 분식집에서 매운 떡볶이를 시켜 놓고 앉은 혜나의 얼굴에는 고민이 가득했다. 민지는 어묵 국물을 후루룩 마시며 혜나의 안색을 살폈다.

"걔는 알고 있어?"
"아직 말 안 했어. 걔는 고3이잖아. 나도 나지만 그 집에서도 알면 누구 하나 죽지 않을까 싶어."
"너는 어쩌고 싶은데?"
"잘 모르겠어……. 그런데 나 있잖아, 낳고 싶다는 생각도 들었어. 내 몸속에 아기가 자라고 있다잖아. 아까 심장 소리 듣는데 엄청 신기했어."
"신기하다고 애를 낳냐."

그렇게 말해 놓고 둘은 웃음이 터져 깔깔댔다. 짧게 깔깔대다 둘은 다시 심각해졌다. 아주 매운 맛으로 시킨 떡볶이에 자꾸만 눈물이 그렁그렁해졌다. 애꿎은 어묵 국물만 자꾸 먹혔다.

"잘 생각해. 둘이 뭐 지금 결혼할 것도 아니고, 둘 다 고딩인 상태에서 애를 낳아서 어쩌겠어. 학교에서 잘릴지도 몰라."
"아냐, 아까 상담센터에서 그랬잖아. 유지를 할 경우에도 학교와 집에서 보호받을 수 있게 법적으로 지원한다고 했어. 그러니

설마 잘리거나 죽진 않겠지?"

"도대체 무슨 생각이니, 넌……. 갑자기 학교에서 잘리는 거나 죽는 것도 상상할 만큼 비장한 마음이라도 든 거야?"

"뭐 그렇게 갑자기는 아니긴 한데, 진료 보고 나니까 그런 마음이 조금 더 들긴 해."

"늦기 전에 일단 걔한테 알려야 하지 않겠냐."

"아무래도 그렇겠지?"

혜나가 어떤 내용의 메시지를 보냈는지는 몰라도, 고3인 서준이 어디선가 번개처럼 나타났다. 메시지에는 분명 임신 두 글자가 포함되어 있었던 게 분명했다. 책가방도 없이 헉헉대며 나타난 서준은 두 사람을 앞에 두고 가쁜 숨을 한참 몰아쉬었다. 그런 모습을 혜나는 사랑스럽다는 듯 바라봤고, 그런 둘을 민지는 한심하다는 눈으로 쳐다보고 있었다.

"야, 혜나는 낳고 싶대."

민지의 말에 서준의 눈이 튀어나올 듯이 커졌다. 커지다 못해 터질 것 같은 그 눈엔 눈물이 고일락 말락 하고 있었다.

"좀 조용히 이야기할 수 없냐. 사람들 다 듣겠다."

"바보냐. 여기 아무도 없잖아."

"그래도 좀! 그리고 넌 내가 그래도 한 살 많은데 오빠라고 부르라고 했지!"

"징그럽게 오빠는 무슨. 난 친오빠도 없어."

사이가 결코 좋아 보이지 않는 민지와 서준을 달달한 시선으로 바라보며 혜나가 떡볶이와 김밥을 더 주문했다. 매운 것을 먹지 못하는 서준을 위해 제일 순한 맛 떡볶이와 어묵국물 많이요, 를 외쳤다. 서준은 그런 혜나를 원망스러운 눈으로 바라보며 난 떡볶이 못 먹는다고 했잖아, 하고 툴툴거렸다. 하지만 혜나는 그저 빙긋 웃을 뿐이었다.

자초지종을 자세히 듣고 난 서준은 얼굴이 이제 빨간색에서 하얀 색으로 변해 있었다. 어떻게 하고 싶으냐는 혜나의 질문에 서준은 꿀 먹은 벙어리가 되어 고개를 떨궜다.

"둘이 잘 결정해. 그리고 정 안 되겠으면 내가 혜나랑 같이 애키울게."

갑작스런 이야기에 혜나와 서준은 놀란 눈으로 민지를 바라보았다.

"뭘 그렇게 놀라. 나한테도 혜나는 엄청 소중하니까, 혜나가 그렇게 결정하고 서준이 네가 아빠 안 할 거면 내가 아빠 할 거야."

"너 남자였어?"

"세상에 여자랑 남자만 있는 줄 알지, 멍청아. 그리고 누가 무슨 역할을 하는지는 중요하지 않아. 나는 혜나한테 필요한 걸 해 줄 수 있는 자리에 있을 거라고."

결국 아무 결론도 내리지 못한 채 아주 매운 떡볶이와 제일 순한 맛 떡볶이만 비워졌다. 어묵 국물은 몇 번이나 리필해야 했다.

살아간다는 것

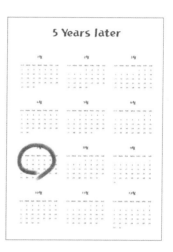

"아이고, 요즘 세상에는 이제 그런 말 하시면 안 돼요, 아버님. 큰일 나. 꼬추 떨어진다고? 그런 거 딱히 없어도 돼. 제가 다 큰 아들놈이 하나 있는데, 아버님 말대로 들어가지 말라는 부엌에 신나게 자꾸 들어가더니 꼬추가 확 떨어져 버렸어! 그런데 어찌 된 게 더 잘만 살더라고!"

　25년차 베테랑 강사인 형숙은 오늘도 어르신들을 웃겼다 울렸다 하며 한창 강의 중이었다. 3개월간 이론과 실습 수업이 대등한 비율로 구성되는 이 교육 과정은 현저한 신체적, 정신적 장애를 겪고 있는 사람들이나 원활한 거동이 불편할 정도의 노령 인구를 보조하기 위한 돌봄 노동, 그리고 어린아이의 양육 등을 위한 돌봄 노동을 위해 필요한 것들을 훈련하기 위한 과정이었다. 재생산본부에서는 양육에 관여하는 모든 가족 구성원에 대해 의무적으로 이 교육을 이수하게 했다. 교육을 거부할 경우 벌금을 징수하여 정부의 국가돌봄시스템 운영을 위한 세원으로 사용했다.

오늘 어르신들은 한창 '주방 공간의 위생적인 사용과 활용'을 주제로 설거지를 깨끗하게 하는 방법, 마르기 좋게 그릇을 분류하여 쌓는 방법, 설거지 후 주변의 물기 처리하기 등 어떻게 보면 아무도 굳이 이렇게 거창하게 이론적으로 가르쳐 준 적이 없는 것들을 배우는 중이었다. 대부분의 여성 어르신들은 설렁설렁 즐겁게 혹은 노련하게 실력을 발휘해 가며 수업에 임하고 있었지만, 수업에 참가한 일부 남성 어르신들은 영 불만이 많았다. "내가 왜 이런 걸 배워야 해? 남자가 부엌에 들어가면 꼬추 떨어진다고 혼나던 시절도 있었어!" 하고 툴툴거리는 어떤 어르신에게 답을 하고 있던 참이었다. 그러게요, 아들놈 꼬추가 확 떨어져 버렸다고, 그러고 어찌 된 게 더 잘만 살더라며 깜짝 놀란 눈 연기에, 과장된 몸짓에, 살짝 반말 같고 혼잣말 같이 친근하게 던지는 멘트에 어르신들은 껄껄 웃음이 터졌다.

"어머님 아버님들, 공공재라고 들어 보셨어요? 사람들이 다 같이 이용해야 하는 것들 있잖아요. 우리가 걸어다니고 차로 다니고 하는 이 도로 같은 것들, 우리가 안전하게 살아가야 해서 우리를 지켜 줘야 하는 국방이나 경찰 시스템 같은 것들, 그런 게 다 공공재예요. 개인이 하면 힘들고 돈도 많이 드니까 사용료를 많이 받아 가거든. 그러니까 국가에서 그걸 맡아서 해 주는 거예요.

　지금 받으시는 이 교육이 바로, 우리 어머님 아버님이 이 나라를, 이 사회를 이어갈 수 있는 힘이 될 수 있게 하는 거예요. 한 사람 한 사람이 공공재가 되어서 서로가 서로의 벽돌이 되고 기둥이 되고 하게 말이에요.

　예전에는 누가 밥한다고, 설거지한다고 월급을 주길 했어요? 호텔 요리사나 되어야 좋은 월급을 받지. 내 새끼 내가 먹이고 씻기고, 내 집 내 살림 내가 건사한다고 누가 그걸 돈으로 쳐 줬냐고요. 돈 못 버니 살림이나 한다 소리나 들었지. 아이고, 여기 앞에 우리 어머님 우시네. 울지 마, 울지 마.

　어머님들, 이제 세상이 바뀌어 가요. 이젠 그 노동이 귀한 걸 알아주겠대요, 이 나라가. 여태까지 고생하신 거 보상은 다 못 해주지만, 앞으로 자라날 아이들을 위해서, 또 계속 늙어 갈 우리들을 위해서 이 나라가 돌봄 노동이 귀하다는 걸 인정해 주겠대요. 영 안 믿기죠? 저도 안 믿기는데 이 정부가 진짜 2년째 계속 해 나가고 있네?

　그러니 내가 우리 어르신들한테 계속 이 교육 신나게 하고 있잖아요. 이 교육 잘 마치고 나면 집에서 손주들 보시는 것도 경력으로 인정받을 수 있고, 가산점 받아 노인 수당도 더 받으시고, 수료증에 경력까지 쌓이면 전국에 있는 국립인구지원센터에서 일자리도 얻으실 수 있어요.

다른 거 다 떠나서 일부 아버님들, 이런 거 아무도 안 가르쳐줬잖아. 또 어디서 물어보기도 쑥스럽고, 꼬추 떨어진다고 흉이나 볼까 싶고. 알아 두고 손에 익혀 두면 당신 사시기도 수월하고 가족들한테도 멋진 아버님 되시고, 일석이조여. 그리고 요즘 세상에 살림 못하는 남자는 어리든 늙든 재혼도 못 해요. 아시죠?"

마지막 멘트에 어르신들 웃음과 박수가 터져 나왔다. 툴툴대던 어르신들도 웃으며 무사히 자기 몫의 싱크대 정리까지 그렇게 실습을 마쳤다. 그렇게 또 오후가 저물고 있었다.

짐을 정리하고 강의장을 나서는 형숙 앞에 반가운 얼굴이 달려와 형숙을 꼭 끌어안았다. 몇 개월 만에 만나는 아들이었다. 아니, 딸이었다.

"어쩐 일이야? 전화도 없이 불쑥. 왜 이렇게 살이 빠졌어?"
"엄마는 나만 보면 살이 빠졌다고 하네. 엄마, 내가 손목 발목이 가늘어서 말라 보이지만 구석구석 토실토실하고 튼튼해. 지난번보다 몸무게는 더 늘었습니다."

"그래? 모르겠는데……. 그러니 일단 거하게 이른 저녁 먹으러 가자. 엄마 수업 오래하고 나와서 엄청 배고파."

　오랜만에 보는 딸은 좀 마른 듯했지만 생기 있고 명랑해 보였다. 아들이었던 시절과는 달리 아, 얘가 젊었을 적 나를 점점 더 닮아 가네, 라는 생각이 들었다. 주영이, 아니 이제는 주은이가 된 딸을 보며 새삼 격세지감이라는 걸 느꼈다. 자신이 젊었을 때, 이 아이가 어릴 때만 해도 이런 세상이 오리라는 것을 상상하지 못했다.

　조용하고 듬직하기만 하던 아들이 군 복무까지 다 마치고 나서 성전환 수술을 받겠다고 이야기했을 때, 그 속이 어땠을까 하는 건 감히 짐작도 하기 어려웠다. 아들이 입대하던 당시, 한 남성 군인이 성전환 수술을 받고 여군으로 복무하고자 하는 의사를 군에 밝히며 언론의 큰 주목을 받았지만, 초유의 사태에 법적으로도 정서적으로도 준비가 되지 않았던 사회는 결국 그의 뜻을 존중해주지 못했다.

　하지만 그 일을 계기로 성소수자의 존재나 인권 문제에 대한 주제들로 많은 사회적 움직임이 있었고, 관련 법들의 개선이 그전과는 달리 비약적인 발전을 보였다. 성소수자를 포함한 다양한 가족 구성이 법적 보호를 받을 수 있도록 생활동반자법이 통과되었고, 아직 동성 결혼이 법적으로 인정받지는 않는 단계이지만 개선된 생활동반자법을 통해 제법 의미 있는 숫자의 동성 커플들이 법적으로 보호를 받는 법적 동반자가 되었다. 여전히 가끔 논란의 주제가 되기는 했지만, 결혼 갱신제의 도입이 워낙 파격적인 일이어서 오히려 동성 결혼의 합법화는 여론의 도마에서 어느 정도 내려가 있는 상태였다.

"몸은 좀 괜찮아? 이제 제법 아가씨 티가 나네."

"응, 엄마. 괜찮아요. 호르몬 관리도 계속 받고 있고, 엄마가 소개해 주신 선생님께 상담도 계속 받고 있어. 이렇게 잘 적응할 수 있을 수 있었던 건 다 엄마 덕분이야."

"그런 소리 안 해도 돼. 엄마는 우리 주은이가 그냥 자신으로 잘 사는 게 중요해."

형숙은 교육과 상담 분야에서 오래 일을 해 오면서 종종 여러 종류의 성소수자들을 만날 기회가 있었다. 결코 소수가 아님에도 절대 다수이지 않다는 이유로 스스로의 존재나 마음에 정당한 이름을 부여받지 못하고, 계속 갈등하며 살아가거나 혹은 살아가는 것을 멈추기도 하는 경우들을 보아 왔었다. 너무도 안타까웠고 자신은 상담자로서, 교육자로서 할 수 있는 최대한의 공감과 지지를 하고 있다고 믿었다.

그런 형숙에게 아들 주영이 제대 후 커밍아웃을 했을 때, 형숙은 자신의 표정이 아들에게 어떻게 비칠지, 어떤 표정을 지어야 할지 순간 판단이 서지 않았다. 당혹감을 감추지 못하는 엄마의 앞에서 아들은 이미 예상하고 있었다는 듯 담담했다. 입이 차마 떨어지지 않는 와중에 둘의 시선만이 허공에서 만났다가 부서졌다가 다시 만나기를 반복했다. 그동안 만났던 내담자들의 얼굴이 아들의 얼굴에서 한 사람 한 사람씩 스쳐 지나갔다. 한참의 침묵이 지나고서야 형숙은 조심스럽고 무겁게 입을 뗄 수 있었다.

"네가 아들이든 딸이든 나는 네 엄마야. 엄마가 같이 있을게."

담담하기만 하던 주영이 고개를 떨궜다. 조용히 떨리는 아들의, 아니 이제 딸이 될 자식의 어깨를 형숙은 도닥도닥 천천히 쓸어 주었다.

"다음 학기에 복학하는 거야?"
"응. 이번 학기는 아무래도 몸을 더 추스르는 게 중요할 것 같아서요. 친한 친구들에게는 조금씩 이야기를 하고 있는데, 아무래도 많이들 놀라는 것 같아서 복학하는 게 조금 걱정되기도 하고."
"휴학을 조금 더 하는 건 어때?"
"한 학기 남았는데 빨리 마쳐야죠. 그리고 지금 준비하고 있는 인턴 자리에 합격하면 거기서 마지막 학기를 마칠 수도 있을 것 같아요. 박주은으로 해 보고 싶은 일들이 많아요. 무섭긴 하지만 많이 기대가 돼."

"그래. 너는 단단한 아이니까 잘 적응해 나갈 거야. 우리 주은이
는 단단하고 결이 고운 사람이니까."

아들일 때보다 더 명랑하고 건강해 보이는 주은의 미소를 보며
형숙은 한결 마음이 놓였다. 이 아이가 가정을 꾸리고자 해도 지
금의 사회는 이전의 사회와는 달리 더 많은 것을 긍정해 줄 수 있
었다. 새삼 참 고맙고 다행이라고 생각했다. 이 아이가 더 잘 뿌리
내리고 살아갈 수 있도록, 더 좋은 땅을 일구는 어미가 되겠다고
다시금 마음에 새겼다. 피로와 허기가 씻은 듯 날아갔다.

형숙과 주은이 식사를 하고 있는 식당의 건너편 작은 공원에는
순남과 영숙이 벤치에 앉아 땀을 식히며 이야기를 나누고 있었다.

"오늘 수업도 들을 만 했죠? 다 늙어서 공부라는 걸 시켜 준다
고 해서 어려우면 어떡하나 걱정했는데 선생님들이 어찌나 재미
나고 쉽게 가르쳐 주는지, 난 요즘 수업 오는 날만 기다리네요."

"나도요. 설거지하고 그릇을 이렇게 엎어 놔야 한다 하고 어릴
때 친정 엄마한테 배우고 그냥 손에 익어서 평생 그렇게 했지 왜
그래야 하는지 저렇게 구구절절 이유가 있을 줄은 몰랐네. 그나저
나 닦은 그릇을 이렇게 쌓아 놓으면 물이 고인다는 생각을 못 하

는 건 우리 집 아저씨만 그런 게 아니었어요."

"그 집 아저씨는 그래도 설거지를 하긴 하나 보네요. 그거 모르는 건 우리 아들놈들도 그래요. 내가 잘못 키웠어."

순남과 영숙은 수업 시간에 받았던 간식 남은 것을 살뜰히 챙겨 나와서 공원 벤치에 앉은 참이었다. 이제 막 벚꽃이 흩날리기 시작한 풍경이 고왔다. 경수는 오늘 아내를 따라 센터에 와서 아직 취업 상담실에 있었고, 영숙의 손자들은 학교의 방과 후 수업 교실에서 저녁밥까지 먹고 돌아올 예정이어서 두 사람은 느긋하게 봄이 가고 있는 오후의 햇살을 즐겼다.

"그래서, 아직 큰아들 소식은 없어요?"

"네. 벌써 2년이에요. 생때같은 새끼들을 떼어 놓고 어딜 가서 지내는지⋯⋯. 쌍둥이들이 올해 초등학교에 들어갔는데 내가 겨울에 사고가 나서 병원에 계속 있는 바람에 애들 입학식도 못 봤어요. 그나마 이 돌봄센터에서 사람이 나와서 계속 챙겨 주고 둘째가 지 조카들 입학시키고 했네요. 세상이 이렇게 좋아지는데⋯⋯. 늙었어도 이렇게 에미도, 동생도 있고 나라에서도 도와준다는데 그렇게 숨어 버렸으니 이런 걸 알고나 있는지 모르겠어요."

"알 거예요. 원래 속썩이던 아들도 아니라면서요. 돌아올 거예요."

"고마워요."

저 멀리 별관에서 전동 휠체어를 밀며 경수가 나오고 있는 게 보였다. 재생산본부에서 대대적으로 진행했던 사업 중 하나는 전국의 공공시설 및 대중교통의 소수자 접근성 강화 사업이었다. 공공시설 및 대중교통은 모두 유니버설 디자인(Universal Design)[1] 인증을 받게끔 설계 및 운영 기준을 강화했다. 그래서 경수처럼 반드시 휠체어에 의존해서 운신이 가능한 정도의 장애가 있는 경우도 큰 불편함 없이 공공시설과 대중교통을 이용할 수 있었다.

"상담은 잘 받았어요?"

순남이 새로 사귄 친구를 보내고 경수 쪽으로 걸어왔다. 바람이 불어 순남의 뒤편으로 벚꽃잎이 하얗게 흩날렸다. 해가 조금씩 지고 있었다. 살짝 붉어진 햇살에 아내의 늙은 얼굴이 새삼 고왔다. 경수는 순간 흠흠 헛기침을 하며 잠긴 목을 풀었다.

---

1 '배리어프리(Barrier free, 장벽이 없는)'는 고령자, 장애인의 공공시설 이용을 용이하게 하는 부분적, 소극적 접근인 반면에, 유니버설 디자인은 제품, 시설, 서비스 등을 이용하는 사람이 성별, 나이, 장애, 언어 등으로 인해 제약을 받지 않도록 설계하는 것이다. 배리어프리를 기본으로 하지만 좀 더 포괄적, 적극적인 접근의 디자인이라고 할 수 있다.

"다리가 이래도 할 수 있는 일이 있다고 이것저것 이야기를 해 주더라고. 공장에서 일했던 경력이 도움도 되고, 새로 배울 수 있는 것들도 있다고 하고. 몇 번 더 나와서 상담을 받아 보기로 했어요."

"거 봐요. 우리가 지금 일하기 딱 좋은 나이라고 했잖아. 그리고 당신 다리가 어때서요. 우리 나이에 여기저기 한군데씩 불편한 데야 꼭 있지. 그 불편한 거 하나씩 동무처럼 데리고 살며 늙는 건데. 휠체어 운전도 아주 잘 하고. 괜찮아, 괜찮아."

"거참, 당신은 뭘 그렇게 늘 다 괜찮아."

"괜찮다, 괜찮다 하면 안 될 것도 괜찮아지는데 이건 될 것이니까 더 괜찮을 거예요."

순남이 넉넉하고 환한 웃음을 지으며 경수의 뒤쪽으로 가서 휠체어를 밀기 시작했다. 경수의 뒷모습도 덩달아 환해졌다.

한 걸음 가까이
서는 것

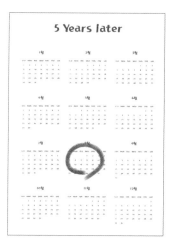

〈강력범죄 통계와 사례로 살펴보는 국가재생산 프로젝트의 현주소〉라는 주제의 기조발제가 시작되고 있었다. '1가구 1자녀' 정책을 유지했던 특정 국가의 성비 차이가 1%를 초과할 때마다 폭력과 절도 범죄가 7%씩 늘어났다는 모 연구 내용을 사례로 들며 발제가 시작되었다.

한국은 1990년대 116.5의 출생성비(여아 100명당 남아 수)를 기록하며 세계에서 가장 출생성비 불균형이 심했던 나라로 꼽혔다. 셋째 아이 성비가 여아 100명당 남아 193명에 이를 정도로 심각한 성비 불균형을 보이던 한국이었다. 중국과 인도를 포함해 극심한 성비 불균형이 나타나는 나라들이 점점 많아지는 상황에서 한국은 군부 독재 종식과 민주화의 시작으로 여성운동이 조금씩 힘을 받기 시작하며 2005년 호주제 폐지가 이루어졌다. 2010년대 들어 한국의 성비는 자연 성비의 범위 안에 안정적으로 들어왔으나, 저출생이 점점 사회문제로 떠오르기 시작했다.

심각한 저출생을 해결하기 위한 특단의 대책으로 2020년대 결혼 갱신제의 도입을 중심으로 한 재생산 프로젝트가 시작되었으나, 도입 이전에 예측했던대로 반발의 물결도 거셌고, 같은 맥락으로 여성혐오 범죄율도 치솟았다. 전통적인 가부장제를 중심으로 이루어져 있는 가정들이 붕괴하면서 이와 관련한 사건들이 연일 뉴스에 보도되었다.

오늘의 기조발제는 이런 강력범죄 사례와 통계를 통해 국가재생산 프로젝트가 어느 정도의 위험을 감수하면서 시작되었으며 그 보완을 어떻게 계속해 나가고 있는지를 소개하는 내용이었다. 40분 가량의 발제가 끝났고 본 세션에 들어가기 전에 짧은 휴식 시간이 주어졌다.

"준비 많이 했더라. 이제 내가 못 따라가겠던데?"
"빈정대지 마. 난 원래 당신보다 잘했거든."
"넌 어떻게 말을 한 번을 안 져 주냐."

"당신은 이쪽 일 하는 사람이 말을 언제나 그렇게 안 예쁘게 하니. 감수성이라곤 결혼하고 다 어딜 갔는지."

정욱은 아차 싶었다. 또 말이 헛나왔군. 정신의학과 상담 분야의 전문가로 일을 하고 있으면서도 도대체 이 여자 앞에서는 프로답게 행동을 할 수가 없었다. 불같이 사랑에 빠져서 결혼했고, 어머니 핑계를 대긴 했지만 사실은 정욱 자신이 혜선을 자신의 울타리 안에 두고 싶었다. 자신과 아이만을 바라보며 그 울타리 안에서 행복할 수 있었으면 했다. 혜선이 그럴 수 없는 사람이라는 걸 정욱도 알고 있었지만 애써 외면했다. 결국 그렇게 곪아든 관계는 지금의 상태가 되어 버렸다. 나는 왜 이 사람과의 관계 맺기가 이토록 어려운가. 정욱은 고개를 설레설레 저었다.

"무슨 생각해? 곧 다시 들어가야 해."

한 손에는 발표 자료를 들고 다른 손에는 커피를 쥔 채로 혜선이 자신을 조용히 쏘아보고 있었다. 왜 내가 너의 그런 빈정거림을 들으려고 지금 시간을 낭비하고 있어야 하는지 모르겠다는 표정이 역력했다.

"아……, 아니. 이따 포럼 끝나고 저녁이나 같이 먹자고 하려고 했는데 말이 헛나왔네."

"저녁? 우리 포럼 끝나고 다 같이 식사 자리 이동하잖아. 오늘 나 기조발제라 사람들하고 계속 이야기해야 해서 따로 나갈 수는 없어. 중요하게 할 말 있어?"

"그러네 참. 그냥, 우리 자주 갔었던 파스타집이 여기 행사장 근처라 마침 생각도 나고 해서 가자고 할 참이었어."

"거기? 거기 문 닫은 지가 언젠데. 그 앞에서 같이 속상해했던 거 기억 안 나?"

당황해하는 정욱을 빤히 바라보던 혜선은, 이제 곧 첫 번째 세션 시작한다, 들어가자, 하며 앞서 가 버렸다. 당신은 왜 제대로 기억해 주는 게 하나도 없니, 하면서 종종 서운해하던 얼굴이 기억났다. 정욱은 속이 쓰렸다. 그 순간 핸드폰에 메시지 알림이 떴다.

〈나 그 파스타집 옮긴 곳 알아. 이 근처는 아니야. 다음에 시간 내서 가자.〉

포럼의 첫 번째 세션이 시작되었다. 오늘 포럼의 전체적인 주제는 국가재생산 프로젝트의 2차 중장기 계획 수립을 위한 1차 프로젝트 진행 현황과 개선안 제안이었다. 첫 번째 세션의 발표자로 등장한 정은희 박사는 경기동부 국립정신보건사업지원센터의 정신건강의학연구소장으로 있으면서 특히 학교 현장에서의 교육과 정책 개발에 주력하고 있는 인물이었다. 정 박사는 정규 교육 과정의 학생들 및 학교 밖 청소년들까지 사각지대 없이 연령과 환경에 맞는 성인지감수성 교육을 받을 수 있는 커리큘럼을 개발하여 현장에 적용하고 있었다.

"여러분들도 인지하고 계시다시피 학교 안팎의 어린이, 청소년들이 모두 이 프로그램대로 교육을 이수한다고 해도 교육만으로는 그에 맞는 정서나 문화가 정착되는 데 시간이 걸립니다. 하지만 어린아이들이 어른보다 훨씬 유연하게 사고하고, 합리적인 판단을 내리는 데 있어 주저함이 덜하죠. 현재까지는 1차 프로젝트 도입 전에 예상한 것과 비슷한 추이로 교육의 효과를 보고 있는 것으로 생각합니다.

이런 긍정적 추이가 나타날 수 있는 여러 요인 중 가장 주된 요인은 바로 국가돌봄시스템의 안착입니다. 현재의 국가돌봄시스템이 다양한 연령대에서 좋은 반응을 얻으면서 비혼 구성원도, 노령의 구성원도 사회의 일부로서 기여하면서 동시에 혜택을 누린다는 성숙한 시민의식을 갖기 시작한 것으로 보입니다. 이런 의식이 문화로 정착하기 위해서는 아무래도 기조발제에서 지적하신 대로 관련된 강력범죄 발생 등에 대한 예방이 강화되어야 하고, 다양한 사례 수집을 통해 이 시스템에 대한 기여와 혜택에서 배제되는 구성원이 최소화될 수 있게 해야 할 것입니다."

한창 포럼 주요 세션이 진행되고 있는 와중에 한쪽 자리에서는 경찰청 소속으로 참석한 승혁이 열심히 주요 내용을 메모하고 있었다. 눈과 귀는 열심히 연사들의 발제 내용에 집중하며 손은 메모 중이었지만, 머릿속의 반은 온통 지안에 대한 걱정으로 혼란스러웠다. 도대체 무슨 생각으로 알지도 못하는 사람의 정자를 기증받아 아이를 가질 생각을 했을까. 그새 다른 사람을 만나 연애나 결혼을 했다면 내심 속은 상하더라도 어쩔 수 없으니 이해를 했을 것 같은데 이건 무슨 상황인지 당최 실감이 나지 않았다.

〈지안아, 뭐해?〉
〈일하지. 너는?〉
〈나도. 참석해야 하는 행사가 있어서 외근 중이야. 밥 먹었어?〉
〈진작 먹었지. 그런데 계속 배고프긴 하다. ㅎㅎ〉

아무래도 홑몸이 아니라 더 식욕이 당기는 건가 싶어 승혁은 마음이 쓰였다. 또다시 속이 상했다.

〈예정일은 언제야? 지난번엔 당황해서 물어보질 못했네.〉
〈지금 5개월 됐어. 예정일은 8월 말이고.〉

〈동생들은? 이 상황들을 알고 있어?〉

〈응. 이야기했어. 조만간 잠깐 귀국한대. 걔들도 엄청 답답할 거야. 무슨 수가 있는 것도 아니고.〉

〈재판 날짜는 나왔지?〉

〈응. 다음 달 중순.〉

〈그래. 내가 이따 잠시 집 앞에 들를게. 이야기 좀 더 하자.〉

〈응.〉

먹을 것들을 잔뜩 싸들고 나타난 승혁을 보고 지안은 웃음이 나왔다. 승혁이 손에 든 것도 많고 밖에서 이야기를 할 상황이 아니라 집으로 들어오게 했다. 지안의 집이 이미 익숙한 승혁은 여기 저기 칸칸에 음식들을 챙겨 넣고 주방에 서서 음식을 만들기 시작했다.

"뭐하는 거야, 수고스럽게."

"그냥 좀 앉아 있어. 몸도 힘들 텐데."

"딱히 아직 많이 힘들진 않아. 입덧도 가볍게 지나갔었고. 아직 배도 많이 안 나왔어."

"사 온 사람 성의를 봐서 그래도 좀 앉아 있어."

한사코 자리에 앉히는 통에 지안은 억지로 소파에 앉아 음식을 준비하는 승혁을 기다려야 했다. 유치원에서 소꿉놀이하던 시절부터 둘은 같은 동네에서 자랐다. 소꿉놀이를 할 때도 항상 승혁은 음식을 해서 지안에게 먹여 주는 사람이었다. 가족들도 늘 왕래를 하는 사이여서 둘은 오랫동안 단짝 친구로 지냈고 어느샌가 자연스레 연인이 되어 있었다. 입이 짧고 식사를 잘 거르기도 하는 지안이지만 승혁이 챙겨 주는 음식은 남기지 않고 다 먹곤 했다. 둘의 어머니는 그런 둘을 별스럽다 놀리면서도 언젠가는 둘이 짝이 되겠지 하고 이야기를 주고받았다. 그래서 그런 둘이 헤어졌을 때 양쪽 가족들도 많이 속상해했다.

"내가 종종 이렇게 올게. 이제 홑몸이 아닌데, 누가 가까이 있어 주면 좋잖아. 어머님도 못 오실 테고……."

승혁이 만들어 준 김치볶음밥을 먹고 있던 지안은 순간 구치소에 있는 미영의 생각에 눈시울이 붉어졌다. 다 먹고 나면 이야기할 걸, 하고 승혁은 후회했지만 이미 늦었다. 김치볶음밥 위로 눈물이 뚝뚝 떨어졌다.

"내가 잘못했어. 물 좀 마셔. 체할라. 체하면 약도 못 먹을 텐데 꼭꼭 씹어서 삼켜야지."

체하면 약도 못 먹을 텐데, 라는 말에 지안이 눈물을 훔치고 물을 마셨다. 승혁은 지안이 눈물이 그렁그렁한 채로 입안에 든 밥을 더 정성스레 꼭꼭 삼키는 모양을 보면서 지안이 정말 엄마가 되어 가고 있나 보다 싶은 생각이 들었다.

"정말 종종 와줄 수 있어?"
"응. 그럴게. 자주 들를게."

*

센터 내 세미나실에서 교육을 듣고 나온 연우와 한석은 누가 먼저랄 것도 없이 한숨을 푹 내쉬었다. 결혼이 이렇게 피곤한 일이었다니, 차마 입 밖에 섣불리 내지는 못하겠고 속으로만 생각하는 중이었다. 결혼 갱신제의 도입과 함께 법적 신고 이전의 예비 부부, 예비 생활동반자들은 일정 시간의 교육을 의무적으로 이수하도록 되어 있었다. 전 연령대에서 받게 되어 있는 〈성과 관계〉 과목 교육은 특히 예비 부부와 예비 생활동반자들에게 의무 이수 과목이었다.

서로 다른 사람들이 함께 살아가기에 앞서 필요한 여러 정보들에 대한 교육과 실습이 함께 이루어졌는데, 가사와 돌봄 노동, 그리고 생활 속 가전이나 설비에 대한 이해와 조작법, 수리 방법이나 전문가를 부르는 절차 등에 대한 내용까지도 교육의 내용에 포함되었다. 강의 한 시간, 상담 한 시간으로 구성되는 교육 프로그램이 총 10일간 20시간에 걸쳐 운영되고 있었다. 연우와 한석은 이제 겨우 1일차 교육의 한 시간을 마치고 나온 것이었다.

둘의 전담 상담사는 몇 가지 질문이 적힌 종이를 나눠 주고 각자에게 맞는 특징을 선택하고 구체적으로 기술하라고 했다.

〈나는 (아침형/저녁형) 인간이다.〉
〈나는 에너지 수준이 (높은/낮은) 사람이다.〉
〈나는 집순이/집돌이가 (맞다/아니다).〉
〈자신이 바라는 결혼 후 아침/저녁/주말의 풍경을 구체적으로 묘사해 보세요.〉

"이 질문들에 답을 하는 게 무슨 의미가 있나요? 사람들마다 살아가는 모습이 다 다를 텐데."

피곤한 목소리로 한석이 상담사에게 물었다.

"모두가 살아가는 모습이 다 다르고 두 분은 앞으로 같이 생활하실 분들이니 서로가 얼마나 다른지 미리 꼼꼼하게 탐색하는 시간이라고 생각하시면 됩니다."

상담사가 빙긋이 웃으며 말했다.

 십오 분쯤 작성 시간을 가진 후 둘이 작성한 용지를 받아 든 상담사는 두 사람에게 해당 질문에 대해 상대는 어떤 답을 썼을지에 대해 추측하고 말해 보도록 했다. 결혼 후의 풍경을 묘사하는 질문에 대해서는 상담사가 두 사람이 작성한 내용을 읽어 주고 말을 이었다.

 "김연우 씨는 바라는 결혼 풍경에 대해 '남편과 함께 아침을 맞이하고, 같이 준비한 식사를 맛있게 먹고 치운 후 같이 출근한다. 저녁에는 퇴근 후 다시 같이 준비한 식사를 하고 설거지와 주변 정리 등을 같이 하고 함께 쉰다.'라고 쓰셨고, 기한석 씨는 '아침에 눈뜨면 아내가 차려 준 맛있는 식사를 함께 행복하게 먹는다. 퇴근 후에는 집에 먼저 와서 기다리고 있는 아내가 차려 준 저녁을 함께 맛있게 먹는다. 고생한 아내에게 마사지를 해 준다.'라고 쓰셨어요. 이 부분이 특히 달라 읽어 드렸습니다. 어떤 차이가 있을지 한번 말씀해 보시겠어요?"

 연우는 기분이 좀 나빠져서 바로 대답을 할 수가 없었다. 한석은 한동안 어떤 차이가 크게 있는지 느끼지 못한 채 멍한 얼굴로 있다가 연우의 싸늘해지는 얼굴을 바라보며 당황했다.

"아니, 이런 건 갈등을 유도하는 질문 아닌가요? 결혼에 대한 환상이야말로 모두 다 다른데 그걸 굳이 이렇게 쓰고 분석까지 해 가면서 서로 싸우라고 조장하는 것도 아니고 이게 뭡니까?"

한석이 화를 내자 연우는 더 굳은 얼굴이 되었고, 상담사는 그에 동요하지 않고 차분한 어조로 대답했다.

"당연하죠. 갈등을 위해 이 교육과 상담이 있는 게 아닙니다. 오늘 총 10일차 교육의 첫날을 맞이하고 계세요. 평소에는 생각해 보지 못했던 상황들을 상상해 보고, 서로 공유할 기회가 없었던 이야기를 나누는 데 이 교육의 목적이 있습니다. 평생을 다른 환경에서 자라 온 사람들이 같은 환경으로 들어가는 데 서로의 다른 부분을 얼마나 유연하게 받아들이고 살아갈 수 있을지에 대한 이야기를 하는 시간이에요. 그러니 흥분을 가라앉히시고 제 질문에 대한 한석 씨의 생각을 이야기해 주세요."

화를 낸 자신을 민망해하는 연우의 빨갛게 굳은 얼굴을 보며 한석은 더 이상 화를 낼 수도 없었다. 이제 겨우 교육 첫날이라니, 한석은 속으로 탄식을 했다.

선택

지훈은 식탁 위에 서류를 펼쳐 놓고 착잡한 마음으로 앉아 있었다. 결혼 5주년을 두 달 앞두고 구청에서 날아왔던 결혼 종신제/갱신제 선택을 위한 서류였다. 구청 직원이 이 서류의 도착 여부를 확인하고 작성 및 접수 예정일을 2주 단위로 계속 전화로 문의해 왔다. 혼인신고 일자로부터 5년 1개월의 기한 내에 종신제로 결정해서 접수하지 않는다면 이미 자동으로 갱신제로 전환된 혼인 관계의 연장 여부를 결정하도록 되어 있었다.

  혼자 속앓이를 하다 보니 시간은 계속 흐르고, 다음 주가 결혼 5주년 기념일이었다. 아무리 생각해도 선우는 이 결혼 갱신제 전환에 대해 긍정적인 게 분명했다. 더 미루지 말고 이제는 대화를 해야 했다.

"자기, 뭐해?"

한창 서재에서 작업 중이던 선우가 커피잔을 들고 거실로 나왔다. 지훈은 변함없는 일상을 살고 있는 선우가 내심 원망스러웠다. 떨어지지 않는 입을 겨우 열었다.

"선우야, 우리 이야기 좀 하자."

어두운 얼굴의 지훈을 보며 놀란 눈을 하고 다가온 선우는 식탁 위의 서류를 보고는 차분한 얼굴로 지훈의 맞은편 자리에 앉았다.

"이 서류…… 어떻게 하고 싶어?"
"미안해. 진작 대화를 좀 했어야 했는데 내가 마감 때문에 너무 정신이 없었어. 자기 속앓이 했을 것 같은데, 얘기를 하지 그랬어. 여튼 나도 먼저 이야기 못 해서 미안해."
"어떻게 하고 싶다는 이야기야?"
"자기, 나는 우리가 갱신제를 택하고 연장해서 다음 5년을 살아가면 좋겠어."

"나는……, 나는 사실 이 제도가 딱히 이해가 되질 않아. 크게 양보해서 아직 결혼을 하지 않은 사람들에게는 선택권을 주는 일이라고 쳐도, 우리처럼 결혼해서 사는 사람들에게 이게 왜 필요하지? 난, 나는 이게 꼭 5년 후에는 이혼할 수도 있는 그런 관계로 가자는 것 같아. 아니, 아직 결혼하지 않은 사람들에게도 이건 5년마다 이혼을 권장하는 일 아냐?"

"자기야……. 내가 5년 후에 이혼하자는 이야기를 하는 게 아니잖아."

"그건 아니겠지. 하지만 연장을 안 하면 그냥 헤어지는 건데 그런 일이 없으리라고 누가 보장해?"

선우의 낯빛이 조금씩 어두워졌다. 처제가 울며 달려왔던 그 아침의 풍경이 떠올랐다. 지훈은 자신이 너무 흥분해서 목소리가 높아졌다는 생각이 들어 순간 입을 닫았다. 둘 사이에는 잠시 견디기 어려운 침묵이 흘렀다.

"무슨 말 좀 해 봐, 선우야."

"우리 결혼하기 전에 데이트하던 날들 기억해? 세 번째 데이트했던 날, 자기가 했던 말을 나는 아직도 선명하게 기억하고 있어. '너에 대해 계속 알아가며 살고 싶어'라고. 나는 그 말이 두고두고 가슴에 남아서 자기랑 결혼했어. 그리고 계속 서로를 알아가며 살고 있어서 좋아."

"그런데? 그런데 왜 갱신제를 택하고 싶다는 거야. 그냥 종신제로 가면 안 돼?"

"난 이 제도가 좋은 것 같아. 서로를 계속 알아갈 수 있게 하는 힘이 되는 것 같아. 서로가 서로를 계속 곁에 두고 싶다면 더 노력할 수 있게 하는 힘이 된다고 생각해. 곁에 있는 게 당연하고, 무언가를 받거나 주는 것이 당연하고, 변함없이 사랑해야 한다는 그런 허울뿐인 약속을 현실적으로 보완해 주는 거라고 생각해.

사랑은 당연한 게 아니잖아. 세상엔 당연한 것이 없어. 그리고 사람이 계속 나이 들고 많은 변화를 겪는데 어떻게 사랑만 변하지 않는다고 할 수 있어? 사랑도 변해. 이 갱신제는 아무것도 당연하지 않다는 것을 계속 상기시킬 수 있게 해 주잖아. 난 자기에게 당연한 사람이고 싶지 않아. 그리고 자기도 내게 당연한 사람이 아니고."

"그래서…… 사랑이 변했어?"

"자기, 사랑이 변했다는 게 마음이 떠났다거나 그런 것만을 이야기하는 게 아니잖아. 뜨겁게 사랑하던 사랑의 색이 있었다면 시간이 지나면서 또 여러 가지 색으로 바뀌는 것 같아. 우리가 어떤 변화들을 겪느냐에 따라 또 사랑의 색이 바뀔 거라고 생각해. 나는 그렇게 자기랑 같이 성장하면서 살고 싶어. 그리고 이 갱신제가 그 색을 더 풍성하고 다채롭게 해 줄 제도인 것 같아. 지난번

연우가 왔을 때도 이야기했지만, 어떤 제도나 계약으로 지켜져야 하는 게 사랑은 아닌 것 같아. 관계의 형태와 상관없이 사랑할 수 있어야 하잖아."

차분하게 말을 이어가는 선우 앞에서 지훈은 설득할 의욕을 잃었다. 마음을 굳힌 선우는 종신제에 동의하지 않을 테니 그럼 어차피 이 서류는 접수할 일이 없겠지. 그럼 자동으로 갱신제로 전환된 5년의 결혼이 끝날 수도 있겠지. 지훈은 조용히 자리에서 일어나 안방으로 들어가 버렸다. 선우는 그 뒷모습을 걱정스레 바라봤다.

*

집 안의 풍경은 마치 정지 화면인 듯 모든 게 멈춘 것처럼 보였다. 거실 소파 한편에는 혜나의 부모가, 반대편에는 혜나, 민지, 그리고 지원센터에서 나온 상담사 한 명과 경찰관 한 명이 앉아 있었다. 어찌 된 영문인지 알지 못하고 손님을 맞이했던 혜나의 부모는 지금 그 영문에 정통으로 얻어맞은 상태였다. 이런 상황에 언제나 준비가 되어 있기라도 한 듯, 상담사와 경찰관은 침착하게 혜나의 부모가 다음 행동을 어떻게 할지 지켜보며 기다리는 중이었다.

혜나가 단짝 민지와 함께 이른 시간에 귀가를 했다. 무슨 일인가 하고 물어보려는 찰나에 아이들 뒤편으로 웬 경찰관과 단정한 수트 차림의 여성이 실례합니다, 하며 따라 들어오는 것이었다. 얼떨결에 손님들을 맞이해 거실 소파에 나란히 앉으면서 혜나의 부모는 도대체 무슨 일이 벌어진 것인지 알 수 없어 서로의 얼굴과 아이들의 얼굴을 번갈아 바라보며 걱정이 가득했다. 아이들이 왜 경찰과 같이 귀가를 했을까. 무슨 사고를 당한 건가. 애들이 누굴 때릴 애들은 아닌데, 뭘까.

국립인구지원센터에서 모성보호 상담팀장을 맡고 있다며 수트 차림의 여성이 차분하게 자기소개를 할 때만 해도 그래서 왜 여기에 당신이 오신 걸까요, 라는 답 없는 질문만이 혜나 아버지의 머리에 떠올랐다.

"혜나 양은 현재 임신 11주차이며, 본인이 임신을 유지하길 원하고 있습니다. 저희 지원센터에서는 가족 상담 및 당사자 보호를 위해 가정방문을 나오게 됐습니다."

순간 집 안의 모든 공기가 멈추었다.

"도대체 정신이 있는 거야 없는 거야? 네가 지금 몇 살인지 알

기나 해? 내년이면 고3인 애가 도대체 무슨 생각으로 이런 짓을 저질러? 임신? 게다가 그걸 유지한다고? 내가 그 서준인가 하는 자식 만난다고 할 때부터 만나지 말라고 했지? 그 자식 휴대폰 번호 내놔!"

침묵을 깨뜨리고 혜나 아버지의 말문이 터지자마자 속사포 같이 흥분한 문장들이 쏟아졌다. 상담사는 손바닥을 뻗어 가볍게 공중을 두드리는 제스처를 취하며 일단 혜나 아버지의 말을 멈추게 했다.

"아버님, 우선 진정하시고 제 이야기를 들어 주세요. 아까 먼저 말씀드린 것과 같이 지금 하시는 말씀들과 행동들은 혜나 학생이 가정 내에서 안전하게 보호받을 수 있는지를 판단하는 기준이 될 수 있습니다. 학생의 안전을 보장할 수 없다고 판단될 경우 지원 센터에서는 경찰의 협조와 함께 혜나 학생을 센터 내 돌봄 시설에서 보호할 수도 있고, 당사자가 원할 경우 가정 내에 머무르면서 상시 안전을 확인받을 수도 있습니다.

오늘 방문 이후로 두 분께서는 지속적인 방문 상담을 받으시게 됩니다. 이 절차는 혜나 학생이 임신 중단이나 임신 유지 중 어느 쪽을 택해도 동일하게 이루어지는 절차입니다. 궁극적으로는 가족 모두를 보호하고 충격을 최소화하기 위한 것이니 참고하시면 좋겠습니다.

　민법상으로는 만 18세 생일이 지났기 때문에 혜나 학생은 부모님 동의 하에 결혼을 할 수도 있는 나이입니다. 결혼에 대해서는 지금 같은 시간 안내를 받고 있을 양서준 학생의 부모님과 만나서 가족 모두가 함께 의논하셔야 할 것입니다. 물론 이때도 학생들의 보호를 위해 상담사 한 명과 경찰관 한 명이 대동하게 되어있습니다. 현재 저희가 파악하고 있기로는 두 학생이 결혼 의사에 대해서는 정한 바 없고, 임신 유지에 대해서는 협의한 것으로 알고 있습니다."

　혜나의 어머니가 머리를 감싸 쥐고 뒤로 누웠다. 혜나의 아버지는 그런 아내를 우선 방으로 데려가 눕힌 뒤 다시 나와 소파에 앉았다.

　"이보세요, 선생님. 얘가 내년에 고3이란 말입니다. 학교는 어떻게 하고요? 이게 무슨 철딱서니 없는 짓이냐고요. 선생님은 이런 상황이 이해가 됩니까?"

　혜나의 아버지는 경고 비슷한 문구를 들은 데다 경찰관이 입회하고 있어 겨우겨우 화를 누르며 아이들 쪽은 쳐다보지도 않은 채 상담사에게 하소연을 하기 시작했다.

"아버님, 많이 놀라셨을 테고 마음이 복잡하실 줄 압니다. 앞으로 상담을 받으시면서 계속 이야기 나누셔야 할 내용입니다. 그리고 학교 쪽에는 부모님과 함께 저희가 방문할 예정입니다. 재생산 본부 운영 정책에 따라 이런 경우 학생의 학업 이수에 불이익이 없도록 보호하게끔 교육부와 협의가 되어 있습니다. 혜나 학생은 휴학 후 다시 필요한 시기에 복학을 할 수 있게 조치할 거예요."

할 말을 잃은 혜나의 아버지는 두 손으로 머리카락을 쥐어뜯을 듯이 움켜쥐고 고개를 숙였다. 그러다 문득 고개를 들고서는 민지에게 물었다. 넌 그런데 왜 여기 같이 있니? 모성보호 차원에서 당사자가 필요할 경우 심리적 안정을 도와줄 수 있는 친구나 가족이 항상 대동할 수 있다는 상담사의 말에 혜나의 아버지는 그냥 입을 다물고 다시 고개를 떨구었다. 같은 시간 또 다른 어느 집에서도 같은 풍경이 펼쳐지고 있었던 것은 두말할 것도 없다.

어떤 것들의 자리

청주여자교도소로 온 지도 이제 한 달이 넘어가고 있었다. 미영이 사건 당일의 일에 대해 그대로 자백하고 경찰이 수집한 증거에도 모두 동의했기 때문에 재판은 일사천리로 진행되었다. 우발적인 범행이었고, 범행 후 바로 자수 및 수사에 협조했으며, 남편의 폭력을 기록해 두었던 일기장과 어머니는 평생 가정을 지키려고 노력했다는 자녀들의 탄원 등이 정상 참작 사유가 되어 미영은 4년형을 선고받았다.

　구치소에 있었던 2개월 남짓한 기간과 이곳에서의 한 달이 넘어가기까지, 미영은 일상생활에 필요한 아주 적은 수의 문장들을 말할 때 말고는 입을 열지 않았다. 웃지도, 울지도 않았으며 같은 수감자들과도 거의 대화를 나누지 않았다. 미국에서 둘째와 셋째가 잠시 귀국해서 면회를 왔을 때도, 지안이 면회가 가능할 때마다 찾아올 때에도, 미영은 아이들의 이야기만 듣고 자신은 거의 입을 열지 않았다. 지안의 배가 눈에 띄게 불러 오는 것을 보았지만 미영은 그에 대해서도 아무 말도 하지 않았다.

"엄마, 승혁이가 요즘 가끔 들러서 챙겨 주고 있어. 이 아이에 대해 엄마가 이해할 수 없을 거라고 생각하지만 그래도, 엄마 딸이 낳을 엄마 손주예요. 지켜봐 줘요."

미영은 조용히 시선을 돌렸다. 너와 승혁이는 도대체 뭘 하겠다는 거니. 이런저런 말들이 잠시 입안을 맴돌았지만 다시 깊숙이 미영의 안으로 가라앉았다.

오늘은 재소자 인성 교육이 있는 날이었다. 재생산본부에서 나온 강사가 국가돌봄시스템과 관련하여 돌봄 노동과 다양성에 대한 주제로 교육을 한다고 했다. 장마가 오려는지 습한 날들이 이어지고 있었다. 날은 더워지는데 미영은 그저 매일이 추웠다. 책상 위에 놓인 교육 자료 끝을 손끝으로 접었다 폈다하며 어서 시간이 지나가기를 기다렸다. 운동 시간이라도 어서 되면 더워도 운동장에 앉아 햇살에 몸을 녹이고 싶었다.

바로 근처에서 강사가 이야기를 하는데도 물속에서 이야기를 듣는 것처럼 아득하게 들렸다. 예쁜 와인병을 높이 들었던 그날 이후로는 그렇게 많은 소리들이 먹먹하고 멀게 느껴지곤 했다. 강의실 전면에 빔 프로젝터로 쏜 자료 화면에는 '"정상성"을 주입하고 강요한 문화가 사회적 유대를 깨뜨리고 구성원들의 심리적인 안정을 해쳤으며 범죄 발생률을 높이고 저출생의 요인 중 일부로 작용했다'는 내용이 보여지고 있었다.

　정상. 정상이 아니라는 말을 친밀한 이들에게 주로 들었었다. 시작은 아버지였던 것 같다. 나중엔 남편으로 이어졌지만.

　"미영이는 충분히 서울에 있는 상위권 대학으로 진학할 수 있어요. 잘 준비해서 서울로 유학을 보내시면 어떨까요?"

　"기집애는 내돌리는 게 아닙니다. 여기 지방에서도 대학은 충분히 나올 수 있어요."

　담임이 집까지 찾아와 미영의 서울 유학을 권했을 때도, 아버지는 단호하게 그 권유를 무시했다. 집 가까이에서 굳이 대학까지 다니지 않더라도 적당히 취업부터 하고 적당한 남자를 만나 결혼하고 남편이 벌어다 주는 돈으로 살림하면서 살면 여자로서 무난하고 좋은 삶이라고 했다.

"아빠, 나 서울에 꼭 가고 싶어요."

"기집애가 공부 더해 봐야 지금보다 더 드세고 되바라지기만 하지. 정상적인 삶을 살아."

밤새 숨죽여 우는 미영의 방으로 어머니가 찾아왔다.

"엄마가 보내 줄게, 울지 마. 정상으로 살지 마. 괜찮아."

그렇게 아빠 몰래 원서를 쓰고 합격증을 받아들던 날, 모녀는 방에서 조용히 기쁨의 환호를 나눴다. 그리고 어머니가 평생 꼬깃 꼬깃 모아 둔 비상금 통장을 들고서 미영은 집을 떠났다.

아르바이트와 장학금으로 열심히 학비와 생활비를 충당해 가며 대학을 다녔다. 처음에는 딸의 가출에 노발대발했던 아버지도 딸이 좋은 대학을 다닌다며 주변에서 칭찬과 부러움의 말들이 이어지자 미영이 2학년이 되던 해부터는 못 이기는 척 분기별로 상경해서 딸 주변에 애먼 놈이 기웃거리고 있지 않나 며칠씩 감시를 하다 가곤 했다.

졸업도 머지않았고, 한국에서 세 손가락 안에 든다는 대기업 입사를 위한 최종 면접을 앞두고 있었다. 입덧이 심해 아이가 들어

선 것을 알았다. 당시 남자친구였던 남편도 대기업에 갓 취업을 해서 한창 직장 초년생의 삶을 살고 있었다. 임신 사실을 알리자 그는 이제 자신은 미영과 아이를 먹여 살릴 수 있는 어엿한 어른 이라며 걱정하지 말고 면접을 포기하라고 했다. 물론 그의 그런 말은 듬직하게 느껴졌지만 미영은 허탈했다. 여태 그럼 나는 뭘 위해 달린 걸까. 남자는 내친 김에 미영의 친정에까지 내려가서 임신 사실을 알리고 결혼하겠다며 인사까지 해 버렸다.

졸업도, 결혼도 하지 않고서 임신했다는 소식에 아버지는 불같 이 노했지만 대기업에 다닌다는 멀끔하게 생긴 사윗감이 마음에 들었다. 원하는 대로의 순서는 아니었지만 이제부터 정상적으로 살아가면 된다고 미영에게 말하면서 아버지는 그날 밤 사윗감과 거하게 취할 때까지 술을 마셨다. 남자들이 모두 잠든 밤에 어머 니는 미영의 앞에 앉아 조용히 물었다.

"겨우 이렇게 살겠다고 그 고생을 했니?"

미영은 누구보다도 자신의 갈등을 이해해 줄 거라 믿었던 어머 니가 그런 말을 하자 화가 났다.

"내가 열심히 공부한 것들, 내 아이들에게 물려줄 거예요. 내가 선택한 남자가 성공하는 것도 내 선택이야. 엄마, 이건 엄연히 내 당당한 선택이라고."

삼십여 년이 지난 지금에야, 세상에 없는 어머니에게 미영은 매달려 울고 싶었다.

엄마, 그건 내 선택이 아니었어. 내가 화가 났던 건 엄마가 아니었어요. 그렇게 생각해야만 했던 나에게 너무 화가 났어. 뱃속에 있던 아이에게 화를 낼 수 없어서 누구에게라도 화내고 싶었어. 그게 내 멋진 선택이라는 걸 보여 주려고 많은 것을 숨기고 참으면서 살았어요. 오래오래 잘 참아 왔는데……. 결국 끝까지 해내질 못했어.

목이 잠긴 채로 미영은 겨우겨우 입을 떼 강사에게 물었다.

"그래서, 앞으로는 정상이 아닌 가족들도 정상이 되는 세상이라는 건가요?"

미영과 비슷한 또래로 보이는 강사가 미영을 가만히 응시했다. 붉게 충혈된 눈에, 목이 잠겨 잘 나오지도 않는 소리를 겨우 내면서 조용히, 약간은 공격적인 듯한 어조로 질문을 던진 미영을 잠시 바라보던 강사가 입을 열었다.

"저는 혼자서 아들 하나를 키우고 있어요. 내성적인 아이라 애비 없는 자식 소리 들으면 더 상처가 클까 봐, 아이를 단단하게 키우겠다고 저는 더 씩씩하고 활달한 사람으로 나이가 들었어요. 저도 그렇게 내성적인 아이였거든요. 아등바등 먹고 살겠다고 배우고 강의 다니고 닥치는 대로 일하면서 성격이 바뀐 것도 있어요.

아들이 제대를 하고 와서는 어느 날 하는 말이, 엄마, 저는 이제 말해야겠어요, 몸은 이렇지만 이 안에 있는 저는 여자예요, 그리고 이 몸도 가능한 한 고치고 싶어요, 합디다.

제가 평생 상담이니 강의니 하면서 그런 친구들도 많이 봤어요. 얼마나 힘들어하는지, 죽고 싶어하는지, 혹은 죽었는지 봤단 말이에요. 한 인간의 몸과 마음이 서로를 밀어내는 삶을 사는 게 얼마나 괴로운지를 보아 왔단 말이죠. 그래서 아들에게 괜찮다고, 나는 네 엄마니까 네가 원하는 대로 하라고 이야기해 줬어요.

그런데 저도 평생 몸에 익혀 온 것들이 있으니 괴로워서 견딜수가 없었어요. 그 시절에 내가 이혼이라는 걸 해서, 사람들이 그렇게 이야기하던 '정상 가족'에서 아이가 자라지 못해서, 스스로의 정체성을 부정하게 된 건 아닐까.

이 속깊은 아이가 어느 날 저한테 와서, 묻지도 않았는데 이렇게 이야기했어요. 엄마, 나는 어려서 아빠가 있을 때도 내가 여자라고 생각했어요. 아빠가 무서워서 아빠에겐 그런 생각조차 들킬 수가 없었어. 다 커서는, 군대를 가지 않으려고 그런 생각을 한다는 오명을 쓰고 싶지 않았어요. 그래서 제대할 때까지 기다렸어. 엄마한테는 말할 수 있을 거라고 생각해서, 아주 오랜 시간 동안 기다렸어요. 그러니 엄마 잘못이 아니에요. 그렇게 이야기했어요, 아이가."

잠시 숨을 고르던 강사의 말이 이어졌다.

"제가 존경하는 어떤 선생님이 그러셨어요. 형숙 쌤, 아이를 키우는 데 하나의 마을 전체가 필요하다면, 마을이 없다면 내가 마을 전체가 되어 주는 거예요. 아빠가 없다면 내가 아이의 엄마 아빠가 되어 주면 되는 거예요. '정상'이라는 건 하나든 둘이든 책임질 이가 책임을 다하는 것을 말하는 거예요.[2] 형숙 쌤의 아이는 정상 가정에서 자란 정상적인 아이예요, 라고요.

여러분 중에는 아이들에게 그 책임을 다하시려다 어느 순간의 일들로 여기 와 계신 분들이 있을 거예요. 그 외에도 여러 가지 이유로 자신을 지키려다, 아이를 지키려다, 살아남으려다 오신 분들도 있을 거예요. 지금 여기 계시면서 다음을 더 잘 살기 위한 책임

---

2 Joyce Park 선생님의 2016년 5월 글 중 일부 문장들을 선생님의 허락하에 가져왔습니다. 사용을 허락해주셔서 감사합니다.

을 지는 그 일이 바로 '정상'이에요. 앞으로 더 많은 사람들이 다양한 모습으로 자신과 사회에 책임을 다하며 정상으로 살아갈 수 있으리라고 믿어요."

미영의 거칠고 답답하게 잠겼던 목이 열리면서 쇳소리를 냈다. 끄억끄억 하고 시작된 울음이 통곡으로 이어졌다. 강의실 여기저기에서 훌쩍이는 소리가 들렸다. 수업은 잠시 중단되었다.

*

"엄마, 그동안 너무 죄송했어요. 정말 죄송해요."

승혁의 집에는 형 승주가 와 있었다. 아내가 어린 쌍둥이 아들들만 남겨 놓고 암으로 세상을 떠난 후, 승주는 어느 날 거죽만 남은 것 같은 얼굴로 아이들을 데리고 나타나 며칠만 봐달라며 맡겨 놓고는 사라졌다. 실종 신고를 해 봤지만 가출인이 거부하는 경우 그 소재를 알려줄 수 없다는 답변만이 돌아왔다. 경찰청에 근무하고 있는 승혁이 어찌어찌 연락처를 확보해서 연락을 시도했지만, 승주는 겨우 숨만 쉬며 살아가고 있는 자신을 찾지 말아 달라는 메시지를 남기고는 다시 연락처를 바꾸어 버렸다.

그렇게 2년이 넘는 시간이 지나 승주가 돌아온 것이었다. 반백이 되기엔 아직 젊은 나이의 큰아들을 부여잡고 영숙은 꺼이꺼이 울었다. 할아버지 같아 보이고 얼굴도 가물가물한 아버지의 존재에 아이들은 낯설기만 한지 가까이 오지 않았다. 승주는 오랫동안 발길이 닿는 대로 전국의 공사 현장을 전전하며 하루 벌어 하루를 지냈다고 했다. 혼자 두 아들을 키우느라 평생 고생한, 이제는 자신의 아들들을 키우고 있을 어머니가 눈에 밟히면서도 돌아올 엄두가 나지 않았다. 아내를 잃은 슬픔에 잠식당한 채로 그렇게 죽지만 않고 살았다. 그러다 각지의 돌봄센터 건설 현장을 돌게 되었고, 아이들을 위한 시설을 지으면서 세상이 바뀌어 가고 있는 걸 보았다. 자신의 아이들이 이런 시설에서 도움을 받고 있겠구나 하는 생각이 들었다. 많지는 않았지만 돈을 모았다. 그리고 이제야 겨우 용기를 내서 집으로 돌아올 수 있었다.

한참을 울던 영숙이 뭐라도 먹여야겠다며 몸을 일으키자 승혁이 만류하며 대신 주방에 들어갔다. 할머니가 계속 울자 영문도 모르고 낯설어만 하던 아이들도 따라 울기 시작했다. 승주도 눈물을 훔치며 죄송해요, 죄송해요를 거듭했다. 주방에 선 승혁도 고개를 쳐든 채 눈물을 속으로 삼켰다.

다음으로 나아가기

"지난 토요일까지 10회차 상담을 마치셨어요. 오늘 드디어 다른 양육자 그룹과 처음 면담을 하시게 됩니다. 이 시스템에 대해 궁금하신 게 있으시면 면담에 들어가기 전에 말씀해 주세요."

지훈은 아직도 얼떨떨했다. 지훈은 결혼 갱신제에 동의하지 않았지만 선우와 종신제에 대한 합의는 결국 하지 못했다. 3개월 전, 혼인신고 후 5년 1개월을 넘기고 선우와 지훈의 혼인 상태는 연장 여부를 결정해야 하는 단계가 되었다. 그대로 헤어지는 것은 결코 원하지 않았던 둘은 5년 연장에 대한 신청까지 마쳤다.

이 과정에 이르기까지 지훈은 무척 상심이 컸다. 일상 속에서 잊고 살다가도, 5년 후 선우를 잃을 수도 있다는 상상이 들면 괴로웠다. 이럴 거면 왜 결혼을 했을까 하는 생각까지도 했다. 선우의 일상은 아무런 변화가 없어 보였다. 언제나와 같이 그의 곁에서 웃고, 잠들고, 같이 걸었다. 어느 날 밤, 지훈은 자신의 팔에 안겨 졸고 있는 선우에게 조용히 이야기했다.

"종신제로 선택하고 나면, 아이를 갖자고 말하려고 했었어."

품 안의 선우가 잠시 흠칫하는 것이 느껴졌다.

"이미 갱신제로 전환도 했고 의미 없어진 거니까 놀라지 마. 그냥, 그런 생각을 했었다는 거야."

선우가 몸을 돌려 지훈의 눈을 빤히 바라보았다.

"우리, 입양할까? 난 자궁도 약하고 임신이나 출산을 견딜 수 있을 것 같지 않아서 결혼 전에는 아이에 대해 생각해 본 적이 없었어. 하지만 자기랑 살면서, 같이 행복해 할 가족이 더 있으면 좋겠다는 생각을 처음으로 했거든. 어떻게 생각해?"

그날 밤의 긴 대화 끝에 둘은 입양을 하기로 결정하고 국립인구지원센터에 방문했다. 입양에 필요한 각종 서류 제출과 센터 자체의 조사가 끝나고, 실제 절차에 들어가기 위한 사전 상담과 교육이 시작되었다. 어떤 가정을 꾸리고 싶은지, 결혼관과 양육관은 어떠한지, 부부가 각자 개인으로서는 어떤 강점과 부족함이 있으며 양육자로서는 어떠한지에 대해 찾아내고 계획을 세워 보는 등의 시간이 10회차까지 이어졌다. 그리고 오늘, 드디어 중요한 이들을 만나게 되는 날이었다.

"그러니까…… 저희가 오늘 만나게 될 분들이 아직 미성년자이고, 본인들이 주 양육자가 되기 어려워 입양을 보내기로 결정은 했지만 성인이 되고 나서 공동 양육을 희망한다는 거죠?"
"네. 맞게 이해하셨어요. 김선우 씨와 최지훈 씨는 제1군 양육자 그룹이 되고, 오늘 만날 분들은 제2군 양육자 그룹으로 2년 뒤에 합류하게 됩니다. 물론 계속 왕래는 하게 되실 거예요."

새롭게 바뀐 입양특례법에 의하면 입양 아동의 친생부모로 주로 이루어지는 양육자 그룹 1과 입양을 하게 되는 양육자 그룹 2는 상호 동의하에 아동이 두 그룹에 대한 정보를 인지하고 시기와 방식을 정하여 공동 양육을 할 수 있게 되어 있었다. 결혼 갱신제 도입으로 생겨나는 다양한 형태의 가족 안에서 그 구성원인 아동을 보호하기 위한 제도의 일종이었다.

"지금 보시는 자료들을 다시 살펴보면 아시겠지만, 오늘 면담하게 될 양육자 그룹의 구성원은 아기의 친생모 정혜나 씨, 친생부 양서준 씨, 그리고 두 사람이 생활동반자로 지정한 한민지 씨 이렇게 세 사람입니다. 양서준 씨는 올해, 그리고 정혜나 씨와 한민지 씨는 내년에 대학 입시를 앞두고 있어서 아이의 주 양육자 그룹을 별도로 지정하기를 원했어요."

지훈은 새로운 법도, 이 상황들도 다 낯설기 짝이 없었지만 7회차까지 상담과 교육을 거치면서 이미 새로운 법 시행 이후 상당한 가족과 아동들이 이 제도의 도움을 받고 있다는 사례들을 들어 인지하고 있었다. 이제 자신이 그 당사자가 될 것이라는 게 무척 떨리고 긴장되는 중이었다. 그때, 노크 소리와 함께 상담실의 문이 열리고 역시 조금 긴장한 듯 보이는 세 사람이 들어왔다. 그렇게 처음 서로를 만난 다섯 사람의 얼굴에 안도의 미소가 천천히 떠올랐다.

*

승혁이 만들어 준 크림파스타를 먹으며 지안은 유독 속이 거북

하다고 느꼈다. 이제 예정일이 2주쯤 남아 정기 검진을 다녀온 날의 저녁이었다. 승혁은 아무리 바빠도 검진일 저녁이면 꼭 들러서 지안의 상태를 살피고 냉장고와 집 안의 상태를 점검하곤 했다.

"그래서 어머니도 뵙고 왔다고? 좀 어떠셔?"

"많이 좋아지셨어. 말씀도 이제 잘 하시고, 모범 재소자로 계속 지내시면 나중에 가석방 같은 걸로 나오실 수도 있다는 것 같고. 얼굴이 훨씬 밝아 보여서 마음이 놓였어."

"다행이다. 조만간 나도 찾아뵐게."

"뭘 너까지 자꾸 가. 엄마 부담스러워하셔."

"아닌데. 어머님 원래 나 엄청 좋아하시잖아. 지난번에 갔을 때 어머니가 한마디 하시더라. 너희들 도대체 뭐 하는 거냐고."

지안은 남은 파스타를 입에 쑤셔 넣고 한참 우물거렸다. 승혁은 그런 지안에게 물컵을 밀어 놓고, 먹은 그릇들을 치우기 시작했다. 지안이 입안의 음식을 삼키고선 승혁의 팔을 붙잡았다.

"승혁아. 진짜 우리 뭐 하고 있는 거야? 아니, 너 말이야. 어쩌려고 계속 이렇게 오는 거야? 나 헷갈리잖아."

"그냥 언제나처럼 같이 있는 거야. 어릴 때도, 어른이 되어서도 우리 계속 같이 있었잖아."

"아니잖아. 아닌 거 알잖아. 너 결혼 같은 거 안 한다며. 그래서 우리 헤어진 거잖아. 그래서 나 이렇게 혼자 아이도 가졌잖아. 그런데 지금 우리 뭐 하고 있어? 너 내 친구로 오는 거야? 아님 남편이라도 돼? 답답해서 그래. 지금 속이 너무 답답한데, 마침 그 이야기가 나왔으니 하는 말이야. 우리 뭐 하는 거냐고. 다음 주도, 그 다음 주도, 아이가 태어나서도 네가 곁에 있을 것 같아서 내가 너무 헷갈리잖아!"

뱉어내듯 소리를 질러 낸 지안은 화장실로 달려가 먹은 것을 다 게워내기 시작했다. 놀란 승혁은 만삭의 지안을 부축하며 등을 두드렸다. 저녁으로 먹은 것들이 다 쏟아져 나왔다. 한참을 게워낸 지안은 화장실에서 주저앉아 울기 시작했다.

"자꾸 이렇게 몸도 가누기 힘들어지는데 네가 자꾸 여기 있잖아. 네 아이도 아닌데 네가 자꾸 우리를 돌보고 있잖아. 내가 자꾸 너 기다리잖아. 그래서 내가 너무 힘들잖아. 나한테 도대체 왜 그러는 건데……."

엉엉 우는 지안의 등을 토닥이며 승혁이 입을 열었다.

"같이 있고 싶어. 내가 그때, 그렇게 결혼 같은 거 안 한다고 못을 박아서, 아무 말도 할 자격이 없는 것 같아서 이야기 못했어. 그런데 지안아. 나 네 곁에 있고 싶어. 네 아이가 태어날 때도, 아이를 키워 가는 동안에도, 아주 어릴 때부터 우리가 같이 있었던 것처럼 앞으로도 같이 있고 싶어."

지안은 자신 앞에 쪼그리고 앉아 그런 말들을 꺼내 놓는 승혁을 바라보며 한참을 울었다. 승혁은 지안의 손을 잡고서 울지 마, 미안해, 하고 계속 달랬다. 문득 지안이 울음을 멈췄다. 나 배가 너무 아파.

*

"주은 씨, 국가별, 지역별 인구밀도 변화 추이 자료 준비 다 됐나요?"
"네, 소장님. 지금 이메일로 보내 드리겠습니다."

주은은 이번 졸업 학기 동안 재생산본부 소속의 행정인턴으로 일하게 되었다. 다음 달에 열릴 4분기 포럼을 위해 광주까지 파견되어 이혜선 연구소장의 일을 돕는 중이었다. 일이 많아 밤늦게까지 야근을 하는 경우가 있었지만, 사회학과 통계학을 복수 전공한 주은에게는 전공도 살리고 적성에도 맞는 일이라 즐거운 마음으로 일을 배울 수 있었다.

"소장님, 2차 프로젝트에서 국가 간의 긴밀한 연합이 필요하다고 하셨는데, 지금의 상호 전략적 벤치마킹 정도가 아닌 그 이상의 연합이 필요할 거라는 말씀인가요?"

"응, 주은 씨. 지금 진행 중인 1차 프로젝트도 벌써 반을 넘어가는 단계잖아요. 2년 후면 다시 2차 프로젝트가 5년 동안 진행될 텐데, 지금의 수준으로는 저출생 문제를 효과적으로 완전히 해결할 수 없어요. 제도적인 받침 이전에 자원 문제의 해결이 전제가 되어야 하거든. 이 땅의 높은 인구밀도를 해결해야 하는데 무조건 출생률만 높여서는 악화만 되겠지. 결국 국가 간의 긴밀한 연합이 아주 중요한 이슈일 수밖에 없어요. 인구 이주에 대해서도 적극적으로 고려해야 하고, 자원 문제의 해결을 논하다 보면 환경 문제도 같이 연결될 수밖에 없고. 또 국가 간 연합은 국방의 문제와도 떼어 놓을 수 없는 주제죠. 재밌지?"

"네. 정말 재미있어요. 이렇게 다양한 의제들이 서로 연결되어 있을 줄은 몰랐어요."

"다음 주부터는 기획재정부에서 기본소득 모델 수정과 관련한 참고자료가 내려올 거예요. 우리 연구소에서는 주로 각 정책들의 도입과 변화를 국민들의 정신건강과 연결지어 살피게 되어 있지만, 주은 씨에게는 재생산본부에서 근무하는 기간이 이런 정책들을 만들고 수정해 나가는 과정을 배우는 좋은 기회가 될 거예요. 앞으로도 계속 재미있는 연구들을 하게 될 테니 고생스러워도 잘 해봐요."

"네. 열심히 할게요."

혜선이 주은과 한창 자료 분석을 하고 있는 와중에 정욱에게서 메시지가 도착했다. 지금 광주 톨게이트로 들어가고 있다고 했다. 혜선은 짧은 한숨을 내쉬고는 휴대폰을 들고 연구실에서 나왔다.

"운전하면서 왜 문자야, 위험하게."

"일하고 있을 것 같아서 방해될까 봐."

"이렇게 뜬금없이 자꾸 오는 게 더 방해돼. 애는 어쩌고 자꾸 오는 거야?"

"내일 부산 출장이라 내려가는 길에 들르는 거야."

"부산 내려가는 길에 광주가 웬 말이니. 어휴, 정말."

"오늘 자고 가면 안 돼?"

"웃기지 마! 밥이나 먹고 바로 부산으로 가!"

한창 박사 과정을 밟고 있던 시기에도 정욱은 이랬었다. 혜선이 연구에 몰두해 있을 때면 자신을 좀 봐 달라고 그렇게 보챘다. 하도 붙어 있는 시간이 길어서 결혼하는 게 낫겠다는 생각이 들던 차에 정욱이 프로포즈를 했다. 그리고 둘은 결혼했다.

4분기 포럼을 준비하면서 겹치는 주제가 있어 정욱의 팀과 공동으로 자료조사를 진행하게 되었다. 그때부터 슬슬 자꾸만 정욱이 광주까지 나타나 뜬금없는 선물이나 밥을 사고, 자고 간다며 떼를 쓰기도 하는 것이었다. 연애 시절의 정욱은 시간이 지나도 바뀌지도 않고 같은 패턴으로, 게다가 이젠 그때와는 달리 서로 잘 아는 사이라며 더 적극적으로 매달리는 중이었다. 이따 도착하면 오늘은 아무래도 딱 잘라 밀어내야겠다는 생각을 하며 혜선은 통화를 끝냈다. 전남대병원 응급실이라며 전화가 온 것은 40분쯤 후의 일이었다. 사색이 된 혜선은 주은에게 양해를 구하고 연구실을 떠났다.

"괜찮아?"
"아니……. 여기도 아프고…… 여기도 아프고……. 팔은 움직일 수도 없고……. 아무래도 나 광주에서 입원해야 한다는 것 같지?"
"머리는 그대로인 것 같아. 다행이네. 어머님 아버님도 오고 계시다고 하니 내일 서울 병원으로 옮겨. 아영이는 그동안 내가 데리고 있을 테니까."
"나 여기 있으면 안 돼?"
"아픈 사람한테 이렇게 굳이 이야기하는 건 미안한데, 우리 이제 부부도 뭣도 아니잖아. 사람 자꾸 불편하게 이러지 말자. 나는 당신이랑 연구 파트너로 있을 때가 제일 좋아. 똑똑하고, 진지하고, 무엇보다 나를 동등한 사람으로 여겨 주고. 그래서 여태 불편해도 참았던 거야.

그런데 당신, 또 자꾸만 선을 넘으려고 하잖아. 그 선 넘어서 우리가 결국 어떻게 되었는데? 나는 아영이가 없는 저녁마다 그걸 생생하게 느끼며 살아. 당신과 헤어지고서야 다시 누구 엄마나 누구 며느리가 아닌 이혜선으로 다시 살고 있어. 다시 내 일상을 불편하게 하지 마."

말을 마친 혜선은 마실 걸 좀 가져오겠다며 응급실을 나갔다. 침상에 누운 정욱은 천장의 조명이 너무 눈이 부셔서 견딜 수가 없었다. 부목을 대지 않은 나머지 팔을 들어 손으로 눈을 가렸다. 팔을 들며 당겨졌는지 링거 바늘이 꽂힌 자리가 새삼 아팠다.

*

"이제 다음 달부터 시설 관리 과장으로 출근하게 됐어. 근무지가 좀 멀긴 한데, 그래도 통근 버스를 운행한다니까 문제 없을 것 같고."

"아이고, 잘됐네요! 몸도 불편한데 열심히 교육받으러 다닌 보람이 있네. 내가 뭐랬어요, 다 괜찮을 거라니까. 다 잘될 거라니까."

경수의 직업훈련 마지막 날이었다. 경수는 순남이 좋아하는 떡케이크를 미리 주문해 뒀다가 찾아서 귀가했다. 수료증을 보여 주며 다음 달에 바로 취업이 결정되었다는 소식을 전하고 있었다. 순남은 크게 기뻐하며 경수의 취직을 축하했다. 분홍색과 흰색, 보라색으로 예쁘게 앙금 꽃이 올라간 떡케이크가 식탁 위에서 아직도 모락모락 김을 내고 있었다.

"많이 늦었지만, 순남 씨. 내가 평생 고생도 많이 시키고, 다정한 말도 잘 할 줄 모르고, 주는 밥이나 먹고, 해 주는 대로 넙죽넙죽 받기만 하는 몰염치한 인간인데, 이런 내 옆에서 계속 있어 줘서 고마웠어요."

순남의 눈이 휘둥그레졌다. 이 아저씨가 무슨 말을 하려고 이러나 싶다. 경수가 흠흠, 목을 가다듬은 후 다시 말을 이었다.

"어쩌다 보니 부부가 아닌 채로 7개월을 살았는데, 나는 순남 씨랑 다시 부부로 늙어 가고 싶어. 자식놈들하고는 살면서 차츰 풀어갈 수도 있겠지만 당신과는 여기서 조금도 더 멀어지고 싶지 않아요. 내가 다시 일자리도 얻었고, 당신만큼은 결코 아니지만 이제 음식도 할 줄 알고, 선생님들이 잘 가르쳐 줘서 내가 뭘 잘 못하며 살아왔는지도 알아. 순남 씨, 흠흠, 40년이나 이렇게 늙어 버리긴 했지만, 나랑 다시 결혼해 주겠소?"

순남은 눈이 작아지도록 환하게 웃었다. 그 웃는 눈가에 눈물이 그렁그렁했다. 그럼요, 내가 언제는 멀어졌었나, 나는 계속 당신 옆에 있었지. 경수는 그제야 마음이 놓였는지 벌컥벌컥 물을 들 이키곤 크게 숨을 뱉었다. 같은 사람에게 40년 만에 하는 두 번째 프로포즈는 따뜻한 떡케이크를 자르며 성공적으로 끝이 났다.

다시 5년 후

돌봄센터 내 어린이집 만 4세반인 사랑반에서는 한창 아이들이 오늘 배운 덧셈을 복습해 보는 모양이었다. 셈을 제법 하는 아이들과 그렇지 못한 아이들이 섞여 서로 내가 맞다며 우기고 다투기도 했다.

"내 엄마는 세 명이거든! 그리고 아빠는 두 명이야! 그러니까 합하면 하나, 둘, 셋, 넷 다섯! 다섯 명이야. 맞죠, 선생님?"
"우리 엄마가 더 많아! 우리 엄마는 하나, 둘, 셋, 넷! 네 명이야! 우리 엄마가 너 엄마보다 더 많아!"

아니야, 아니야 하며 다투고 있는 아이들을 말리느라 선생님이 난감해하는 와중에 아이들의 양육자들이 퇴근 후 나타났다. 사랑 반 밖에서 인터폰으로 지훈이 입구의 주임 선생님과 짧게 인사를 나누었다. 안녕하세요? 지영이, 김지영 데려갈게요. 아빠 최지훈입니다. 지훈을 알아본 지영의 담임 선생님이 반갑게 맞이했다. 지영이 가방도 챙기지 않고 달려가 지훈에게 안겼다. 그 뒤로는 만 2세반인 기쁨반에서 노아를 데려온 선우와 민지가 웃으며 그 광경을 바라보고 있었다.

오늘은 혜나와 서준이 학교 행사로 늦는다고 했다. 5년 전, 혜나와 서준은 결혼이 아닌 생활동반자법 아래 민지와 함께 세 가족이 되었다. 세 사람의 보호자들은 모두 반대했으나 혜나의 임신 기간 동안 계속된 상담을 통해 마음을 돌렸다. 아직 갱신제로라도 결혼을 원하지 않는 학생 신분의 그들에게 개정된 생활동반자법과 입양특례법은 큰 도움이 되었다. 현재 세 사람과 선우, 지훈은 가까운 곳에서 거주하며 돌봄센터의 도움을 받아 공동 양육을 해 나가고 있었다. 혜나가 낳은 지영과, 선우와 지훈이 3년 후 입양한 노아 역시 다섯 사람을 공동 양육자 그룹으로 두고 있다.

요즘 시대의 어린이들은 공동 양육자 그룹 내의 가족 다수를 엄마, 아빠로 부른다. 지영과 노아에게는 엄마 셋과 아빠 둘이 있고,

시간이 흐르면 상황에 따라 엄마 아빠의 수는 많아질 수도, 적어질 수도 있는 것이다.

선우와 지훈은 올해 봄에 두 번째로 혼인 연장 신고를 했다. 갱신제로 전환하던 시기에 마음앓이를 많이 했던 지훈은 두 아이를 공동 양육자 그룹과 함께 키우면서 새로운 가족 형태가 갖는 장단점에 대해 많이 느끼기도 했고, 선우와도 함께 성장하는 기쁨을 알아 가기 시작했다. 어느 정도 사회적 기반을 만들어 가고 있는 선우나 지훈과는 달리, 그들과 십여 년의 나이 차이를 가진, 한창 학업에 열중하고 취업 준비에 열심인 2군 양육자 그룹은 양육에 관한 관점도, 방식도 제각각 달랐다. 크고 작은 갈등들이 당연히 있었지만, 지원센터에서 정기적으로 방문 상담을 나와서 확인하고 그때그때 필요한 도움을 주고 있었다.

그들이 2년 전 입양한 둘째 노아는 또래보다 제법 느린 발달을 보여 몇 개월 전부터 놀이치료를 병행하고 있다. 지영과 형제가 되는 노아가 발달장애 의심 진단을 받았다는 소식을 듣고서, 지영의 2군 양육자 그룹인 혜나, 서준, 민지는 노아의 2군 양육자 그룹으로도 등록했다. 3년간 다섯 사람이 서로를 알아 가며 공동 양육을 해 온 시간들이 둘째 노아에게도 충분히 도움이 되리라고 판단한 것이었다. 혜나와 서준이 교제를 끝내면서 주거지를 옮기고 생활동반자 그룹에서 빠져나가긴 했지만, 세 사람은 여전히 지영과 노아의 2군 양육자 그룹원으로서 계속 왕래하며 함께 공동육아에 참여하고 있다.

*

"연우야, 꼭 이렇게 해야겠어?"

"응."

"내가 잘할게. 이러지 말자 좀. 우리 이번에 연장하거나 종신제로 바꾸면 엄마가 집 내 명의로 해 주신다고 했잖아."

"정말 지겨워, 그놈의 집 타령, 그놈의 잘할게 타령. 한석아, 나는 너 없어도, 이 잘난 집 없어도 우리 건우 잘 키우며 살 수 있어. 세상이 얼마나 좋아. 그런데 넌 이런 좋은 세상에서도 혼자 할 수 있는 게 없잖아. 서른 중반이 넘어가도록 사사건건 어머님 아버님이 다 결정해 줘야 하고, 내가 다 늙은 너를 언제까지고 키울 수는 없어."

"야, 말이 심하잖아."

"넌 진짜 심한 말을 들어본 적은 있니? 내가 아주 5년 동안 너한테 입이 마르고 닳도록 좋은 말로 달래 가며, 매운 말로 으름장 놓아 가며 이야기를 해도 5년 동안 너는 스스로와 우리를 위해 뭘 했어? 회사도 조금 다니다 그만두고, 딱히 뭘 하겠다는 계획도 없고, 아쉬우면 부모님한테 쪼르르 달려가 돈 받아 오고. 내가 널 뭘 믿고 더 같이 살아?"

"너 혹시 다른 남자 생겼어?"

"하……. 너 수준이 그것밖에 안 되니? 그렇게 잘할게 잘할게 하던 너랑 결혼해서 살면서 생긴 건 홧병밖에 없는데, 또 어떤 놈이 내 속을 뒤집을 줄 알고 만나? 나 이제 우리 건우랑 둘이서만 맘 편하게 살 거야. 그러니까 이제 그만 이야기해. 난 이 결혼 연장 안 해."

*

"엄마, 여기도 다 사람 사는 곳이에요. 필요한 물건들 여기서 다 구하고 먹고 할 수 있으니 걱정 좀 그만해요. 건강은 좀 나아지셨어요? 연말에 잠시 들어갈게요. 아니, 아예 들어가는 건 아니고. 들어갔다가 새해에는 다음 파견지로 발령이 난대요."

멀리 있는 딸 걱정에 전화만 붙들면 잔소리를 한창 늘어놓는 형숙이었다. 주은은 통화를 마치면서 좀 더 자주 연락드려야겠네, 하고 혼잣말을 했다.

주은은 국방부 소속으로 해외 파견 근무 중이었다. 국가재생산

프로젝트가 2단계로 들어가면서 1단계의 성과를 눈으로 확인한 주요 국가들이 적극적으로 협력 요청을 해 왔다. 한국은 협력국가들에게 국가재생산프로젝트의 기술과 전문 인력 제공을 제안하며 국내 인구과밀지역의 여러 가지 문제를 해결하기 위해 협력국가로의 인구 이주에 대한 협약을 맺었다. 이렇게 여러 국가들과의 이주 협약이 맺어지고 일부 인구의 해외 이주가 시작되면서 해외 자국민 보호를 위한 외교부와 국방부의 역할도 요구되었다.

재생산프로젝트가 2단계로 들어가던 시기, 병역에 대한 모병제 전환이 이루어졌다. 재생산과 국방력은 한 줄기로서 긴밀히 엮여 성장해야 한다는 기조 아래 군 내 인권 문제도 많은 개선을 보였다. 군, 경찰, 소방인력 등 사회의 안정을 위한 격무에 종사하는 직군에 대한 처우와 인식이 개선되었다. 재생산프로젝트 2단계 시기 2년 차였던 지난해 해외 이주가 시작되었고, 이와 관련한 정책 개발과 현장 적용을 위해 여러 전문 인력들이 협력국가로 파견되었다. 주은도 그중 한 명이었다. 주은은 협력국가 내 치안 시스템과 경제 시스템을 중심으로 대한민국 국민의 원활한 정착에 필요한 정책 개발 연구를 진행하고 있다.

*

기원에서 바둑 수업을 듣고 돌아온 아영은 한창 설거지 중인 정욱의 뒷모습을 보고는 입을 꾹 다물고 방으로 들어가 버렸다. 다녀왔다는 인사도 없이 방으로 쌩하니 들어가버리는 아영에게 당황한 정욱은 고무장갑을 벗어던지고 아영의 방 앞에서 쩔쩔매며 문을 두드렸다.

　"아영아, 왜 그래? 왜 오자마자 심통이야."
　"아빠는 엄마 오는 날만 그렇게 설거지 하는 척하잖아. 실망이야! 할머니 할아버지가 아빠 때문에 얼마나 힘든지 알아?"
　"아이고 우리 딸, 내가 잘못했어. 내가 앞으로 더 잘할게. 할머니, 할아버지, 아영이 고생 안 시킬게. 얼른 나와. 삼일 만에 보는데 한 번 안아주지도 않고 그렇게 가 버리기야?"

　아영이 눈을 흘기며 슬쩍 방문을 열고 나왔다.

　"그런다고 엄마가 아빠 프로포즈에 답할 것 같진 않은데."
　"너 이 녀석! 이래 봬도 아빠가 다 생각이 있어요. 나름 5년이나 노력했는데 엄마가 이제 좀 알아주지 않을까?"
　"아닐 것 같아, 아빠. 내가 봤을 땐 아니야."
　"왜? 혹시 엄마 남자친구 생겼어?"
　"남자친구든 여자친구든 무슨 상관이야. 엄마 좀 냅둬. 나 광주

갈 때마다 아빠가 자꾸 내 핑계로 엄마한테 전화해서 엄마가 너무 피곤해 해."

엄마가 피곤해한다는 아영의 말에 정욱은 꿀 먹은 벙어리가 되어 조용히 다시 설거지를 하러 주방으로 이동했다. 아영이 그런 정욱의 뒤를 졸졸 따라와 잔소리를 하기 시작했다.

"아빠, 엄마는 말이지. 일단 일할 때 방해받는 걸 싫어해. 그러니까 전화하는 시간대를 바꾸는 게 좋겠어. 나한테 미리 메시지로 물어보고 연락하면 되잖아. 그리고 전에 아빠가 선물한 책을 엄마가 엄청 좋아하는 것 같았어."

아빠가 엄마의 마음을 다시 얻을 방법에 대해 아영은 조잘조잘 늘어놓기 시작했다. 오늘은 혜선이 오랜만에 집에 와서 같이 식사를 하기로 한 날이다.

*

"그건 거기에 두면 안 돼요. 조립 방향이 반대가 되게, 그렇죠, 그 방향으로 맞춰야 해요."

포근하고, 가끔 덥기까지 한 가을이 아직 계속되고 있었다. 기후 온난화가 더 심해지고 환경문제가 심각해지면서 일 년 중 삼분의 일 이상은 학교도, 기업도 온라인으로 수업과 근무를 해야 했다. 그러면서 눈에 띄게 나타난 현상은 주로 학령기 아동을 두고 있는 가정들이 대도시를 벗어나 조금이라도 공기와 물이 맑은 곳으로 이주를 시작한 것이었다. 또한 이런 기후 현상은 인구밀도가 상대적으로 낮은 해외 지역으로의 이주를 희망하는 인구의 비율이 늘어나는 데도 도움이 되었다. 재생산본부가 생겨나고 7년이 지난 지금, 대한민국의 인구밀도는 7년 전에 비해 23% 낮아졌고, 지역 간 인구밀도의 격차도 상당 부분 개선되어 가고 있다.

이런 이주 열풍으로 인해 특히 강원도 지역에 많은 학령기 아동의 가정이 이주하면서 돌봄센터와 제반시설들이 추가로 건설되었다. 승주는 이번 달 내내 강원도 정선군 지역에서 돌봄센터와 어린이 놀이시설을 증축하는 현장에서 일하는 중이었다. 계속 일을 하기를 원하는 어머니는 서울에 머무르기로 하고, 승주와 아들들만 이곳으로 이사를 했다. 이제 초등학교 6학년이 되는 두 아들도 이곳 돌봄센터의 도움을 받으며 새로운 환경에 잘 적응하고 있다.

"소장님, 사모님은 뵙고 오셨어요?"

휠체어를 타고 현장에 나타난 경수에게 승주가 인사를 건넸다. 경수는 현재 이곳의 시설관리소장으로 있으면서 특히 안전사고가 생기지 않도록 상시 점검을 하고 있다. 아내 순남은 경수가 이 지역으로 발령이 나면서 함께 전출을 신청해서 돌봄센터 내의 조리팀에서 근무하고 있다. 경수가 눈꼬리 주름이 패이도록 웃으며 예, 가까우니 자주 봐서 좋으네요, 했다.

현장 근처의 별관에는 한국어교육센터가 자리잡고 있었다. 대한민국의 혁신적인 변화가 세계의 주목을 받으면서 오히려 한국으로의 이주를 희망하는 외국인들도 늘어났다. 이에 발맞춰 전국의 한국어교육센터도 대폭 증가했다. 이제 사회 곳곳에서 다양한 특징의 외모를 가진 사람들을 어디서나 볼 수 있다. 다문화라는 단어는 언제부터인가 크게 의미를 갖지 않는 단어가 되었다. 해외로의 이주 인구와 국내로 이주하는 외국인들이 많아지면서 이미 국내와 국외의 경계도, 국가 간의 경계도 조금씩 허물어지는 중이었다. 일부 전문가들은 이런 추세대로라면 25년에서 30년 이후의 세계에서는 개별 국가의 개념이 희박해질 것이라고 전망하기도 했다.

"리안 쌤, 오늘은 일찍 들어가요?"

"네. 오늘 애 생일이에요. 괜찮으시면 미영 쌤도 와서 같이 저녁

드실래요?"

"생일 파티에 초대해 주는 거예요? 어서 선물 생각해야겠네!"

미영이 신이 나서 박수를 치며 리안의 초대에 응하고 있었다. 미영은 복역 중 모범재소자로 지내면서 가석방으로 1년 일찍 출소할 수 있었다. 교도소에 있으면서 시작했던 공부를 출소 이후 마쳤고, 한국어 교사로 현장에서 근무할 수는 없었지만 교육 보조는 가능해서 한국어교육센터에서 행정과 교육 보조를 하며 지냈다. 마침 이 지역 센터에서 자리가 나 지원을 해서 왔는데, 7년 전 그 때 구치소에서 만난 리안을 만날 수 있었다. 리안은 다행히 당시 무혐의로 풀려났고 아이를 키우면서 한국어 교사가 되기 위해 열심히 공부했다고 했다. 자신과 같이 억울한 일을 겪는 이주여성들에게 도움이 되고 싶었다고 했다. 미영과 리안은 울먹이며 그간의 안부를 나누었다. 그리고 이곳에 다른 연고가 없는 미영은 리안과 자주 왕래하며 이제 가족같이 지내고 있다.

"아이고 참, 내 정신 봐. 오늘 지안이랑 손녀가 온다고 했는데. 어쩌지?"

"그럼 같이 와요, 미영 쌤. 우리 애가 지안 이모 엄청 좋아하잖아요. 생일 선물 안 가져와도 되니까 오늘 오랜만에 다 같이 저녁 먹어요."

한창 한계령을 넘고 있는 승혁의 차 안에서는 지안과 리니가 투닥투닥 싸우는 중이었다. 승혁은 룸미러로 둘을 바라보며 싱긋이 미소를 지었다. 7년 전 리니가 태어나고서 센터에 입주해 있는 지안을 아침저녁으로 들러 챙기고 돌보던 승혁은 리니의 50일 사진을 찍으러 가던 날 지안에게 프로포즈했다. 지안은 이제 아이와의 삶에 집중하고 싶다며 승혁의 프로포즈를 거절했고, 그 대신 둘은 생활동반자로서 가까이에서 생활하고 있었다.

오늘은 강원도에 있는 미영에게 지안과 결혼하겠노라고 인사를 드리러 가는 길이었다. 며칠 전 리니가 보는 앞에서 지안에게 다시 프로포즈 했을 때, 그제서야 지안은 웃으며 그의 프로포즈를 수락했다. 평생 자신을 친아들처럼 귀하게 대해 주신 어머니가 너희들 참 여전히 별스럽구나, 하실 것이 눈에 선해 절로 웃음이 났다.

| 작가의 말

2년 가까이 이 기획을 놓고서 글이 풀리지 않아 끙끙 앓았다. 그러다 2020년 초부터는 코로나 바이러스로 전세계가 들썩들썩했다. 지구촌이 이상기후로 몸살을 앓았다. 한국에서는 N번방 사건이 터지고, 26만 명의 범죄자 중에 여태 겨우 7명을 잡고서 생색을 내고 있다. 하반기에는 웰컴투비디오라는 어마어마하게 악랄한, 세계적인 소아성착취영상 공유사이트를 만든 범죄자가 겨우 18개월의 형량을 받고 풀려났다. 현생은 언제나 소설 속 이야기들보다, 영화 속 이야기들보다 더 엉망진창이고 막장이었다. 그리고 언제나, 보고 싶은 것만 볼 수 있는 사람들에겐 이 모든 게 보이지 않는 일들이었다. 2020년 원더키디의 해에는 하늘에서 비행접시가 날아다니고 지구에서 우주로 왔다갔다할 것만 같았지만, 2020년은 전혀 다른 방향으로 다이나믹하기 짝이 없었다.

이 소설은 국가가 돌봄 노동의 가치에 집중하고 그에 맞는 보상 시스템을 갖추어야 저출생 위기를 포함한 여러 가지 문제들이 해결될 수 있을 것이라는 생각을 구체화해서 만들어졌다. 돌봄 노동이 제대로 된 가치를 인정받고, 성별과 노동에 상관없이 누구나 그와 관련된 교육과 훈련을 받고 경력으로 인정받을 수 있게 되면 많은 불평등이 해소될 것이라 믿는다. 이는 고령화 시대를 맞이해 노인 인구에 대한 복지를 어떻게 효율적으로 할 수 있는지와도 닿아 있다. 결국 저출생의 위기는 사회 전반의 소수자에 대한 불평등과 그에 따른 갈등을 해소하는 것에 그 해결의 열쇠가 있다.

끙끙 앓던 글을 쏟아내던 2020년 봄, 글을 쓰는 내내 신나고 행복했다. 글을 마치면서, 이 생이 왜 소설 속 5년 후가 아닌지를 슬퍼했다. 독자들이 소설 속 어느 인물과 상황에 이입하며 읽게 될지, 나만큼 신나고 나만큼 슬퍼할지를 궁금해하며 조심스레 세상에 내어놓는다.

고통스러워하면서도 재미있게 읽어 준, 나와 두 번째 5년 후를 보내고 있는 남편에게 사랑과 감사를 전한다. 매일매일 조금 더 나은 세상을 만들기 위해 고군분투해야 할 이유가 되어 주는 내 소중한 밍에게도 끝없는 사랑을 보낸다. 초고를 미리 읽어보고 따뜻한 조언과 응원을 아끼지 않았던 소중한 분들에게도 감사를 전한다.

5년 후

정여랑 장편소설

초판 1쇄 발행일   2020년 11월 14일
초판 2쇄   2021년 1월 4일

지은이   정여랑
발행인   김정선
펴낸곳   위키드위키

출판등록   2018년 5월 29일 제 2020-000033호 서울특별시 금천구청
주소   서울특별시 금천구 가산디지털2로 98,
            롯데IT캐슬 2동 1107호(H074)
대표전화   02-6397-1471
팩스번호   02-6305-7001
홈페이지   http://www.wickedwiki.org
전자우편   wickedwiki@wickedwiki.org

ISBN   979-11-968313-1-8

이 도서의 국립중앙도서관 출판예정도서목록(CIP)은
서지정보유통지원시스템 홈페이지(http://seoji.nl.go.kr)와
국가자료종합목록 구축시스템(http://kolis-net.nl.go.kr)에서 이용하실 수 있습니다.
(CIP제어번호 : CIP2020044619)